徳間文庫

警視庁公安部外事四課

アンカーベイビー

鷹樹烏介

JN230004

徳間書店

目次

プロローグ　5
第一章　16
第二章　40
第三章　65
第四章　90
第五章　115
第六章　139
第七章　161
第八章　184
第九章　209
第十章　231

第十一章 255
第十二章 279
エピローグ 311

プロローグ

蒲田《かまた》駅に降りたのは久しぶりだった。

横浜にある小さな雑誌社に勤務していた頃、家賃の安いこの街に私は住んでいた。新卒ということもあり給料も安かったので賃貸料節約のため、同じ雑誌社に勤める同期とルームシェアしていたのだった。

一階に四部屋、二階に四部屋の古びたアパートで、あまり陽も差さず常にかび臭い部屋だったが、寝に帰るだけの場所なので気にならなかった。

駅前のロータリーから、線路沿いに歩く。居酒屋が並ぶ一角があり、当時たまの贅沢《ぜいたく》で訪れた真っ黒な湯を使った温泉施設の真向かいにある老舗の居酒屋に向かう。

ガタピシ鳴る引き戸を開けると、ほぼ満席の店内にはすっかり出来上がった酔漢たちが楽しそうに酒を酌み交わしており、変わらぬ風景に郷愁が胸に去来した。昼から飲めるこの居酒屋は、常に酔っ払いがクダを巻いている。

店内を見回すと、中腰になった男が私の方に向かって手を振る。中年にさしかかり、多少容色は衰えたが、相変わらずの美男、今はイケオジとかいうのか、杉沢《すぎさわ》二郎《じろう》がいた。私とルームシェアしていたのが、この男だった。

「ここだ、ここだ、磐田《いわた》ぁ」

私が来る前にだいぶ飲んでいたのか、男にしては色白の杉沢の顔が赤くなっている。杉沢は酒が好きだが強くないことを不意に思い出す。

「懐かしいな、二年ぶりくらいか?」

ひしめくような狭い卓と卓の間を、片手念仏のように拝みながら進んでゆく。このわずかな時間、店内の熱気でコートを着たままだと汗ばむほどになっていた。

窮屈に身をよじりながらコートと上着を脱ぎ、それらをまとめて卓の下の荷物置き場に押し込む。鞄《かばん》は床に置いた。

私の母親といった世代の女性店員が、私を見ている。

「ホッピーの黒お願いします」

座ったら、疾《はや》く飲み物を注文しろが、この居酒屋の不文律だった。

「俺も、バイスお代わりお願いします」

承知したという合図で、メモ帳に何かを書き込みながら女性店員が頷《うなず》く。

タブレットで注文といった仕組みはこの店にはないが、オーダーは常に正確で会計ミスもない。

「金ならないぞ」

私は開口一番そう言った。杉沢は寸借詐欺《すんしゃくさぎ》の悪癖があり、それで人間関係を損ねることが多かった。私は例外だ。

「いや違うって。逆だ、逆。借りっぱなしだった金を返すつもりなんだよ」

杉沢が傷ついたような顔をして俯《うつむ》く。女性は母性本能をくすぐられ、コロっと転がされてしまうが、私は男性でコイツの手口を知っていた。騙《だま》されない。

私は運ばれてきたジョッキに入った焼酎、通称『ナカ』に、キンキンに冷えたホッピー黒。通称『ソト』を注ぎながら「はいはい」と気のない返事をしていた。

「疑うのは無理もない。だが、今度は本当なんだ」

杉沢が、薄桃色のバイスのジョッキを私に突き出しながら言う。私と杉沢はカチンとジョッキを打ち合わせた。

「話を聞こうか?」

と、一応水を向ける。まぁ、最終的には「金を貸してくれ」になるのだろうが、彼の努力を尊重し、酒のつまみにしようと私は思っていた。

甘酸っぱいバイスで喉を湿らせ、杉沢が語り始めた。

私と杉沢は、横浜の雑誌社に勤めていた頃は、『社会の木鐸《ぼくたく》』たらんという希望に燃えていた。社会悪と戦うのはジャーナリストの仕事で、警察も政治家も役に立たないと考える青臭い男たちだった。今は無き雑誌社が左翼系ということもあり、やや偏っていたことは否めないが、正義の心はあった。

だが、雑誌社が潰れてから、私はスポンサー付きの経済記事で、杉沢は芸能界などのゴシップ記事で、細々と糊口《ここう》をしのいでいる状態だ。首輪付きの飼い犬状態の私と、路地裏でゴミを漁《あさ》る野良犬状態の杉沢だが、彼の目の輝きに違和感があった。

かつて、この居酒屋で情報交換していた頃の目だ。私は好奇心が刺激されていた。

「ゴシップの口封じの代わりに貰ったネタなんだが……」

杉沢は、芸能事務所からスキャンダル記事を出さない代わりに金品を受け取っているという噂があった。私が眉を顰《ひそ》めるのを見て、杉沢が身振りで私を制する。

「わかってるって。磐田、お前がそういうの嫌いだってことは。色々誇張されているんで、言い訳させてもらいたいところだが、今は俺のネタを聞いてくれ」

杉沢がぞぶりとバイスを飲む。私は口に出しかけた説教を飲み込んだ。

「磐田。お前にはまだ、ジャーナリストの魂は残っているか？」

チクリとした痛みを私は胸に感じていた。持ち上げてほしい銘柄の株を褒める記事を書く。脱法すれすれの虚偽記事。それが私の仕事だった。

「残っていると思いたい」

これは私の本音だ。探るような目で私をのぞき込んでいた杉沢が破顔する。

杉沢がポケットから小さな鍵を出して、愛用の手帳に何かを書き込み小さく折り畳んで、その二つを私に差し出す。

「こいつを、お前に託す。もしも、俺が行方不明になったら、そのメモに書かれた場所に行って保管している物を回収してくれ。なるべく早く」

「何をおおげさな」

杉沢がよくやるおふざけかと思ったが、奴の真剣な表情を見て私は考えを変えた。

「本当に危険なのか？」

「十年前から深く静かに進行しているテロ組織の浸透作戦のネタだ。すでに、不可解な失踪者や事故死が出ているんだよ」

「偶然ではなく？」

「偶然にしては重なりすぎているな。俺がこの類《たぐい》の『偶然』を信じないのを知っているだろ？　磐田」

獰猛《どうもう》な笑みが杉沢の顔に浮かんだ。今は無き雑誌社『ユニオン』の駆け出し記者時代、川崎市ぐるみの港湾関係の談合を私と一緒にすっぱ抜いた時の顔に似ていた。港湾関係も危険な連中が絡むと噂されている利権があり、当時の川崎市はその巣窟だった。そこに私と杉沢は果敢に斬り込んでいった。

「あの時ほど私たちは若くない。気を付けろよ」

苦言を呈したのは、私の嫉妬の感情だろうか？　私は首輪がついて、ご主人様に投げられる餌を尾を振りながら待っている現状に忸怩《じくじ》たる思いを抱いている。スクープを摑《つか》んで野良犬から猟犬に戻った杉沢が羨《うらや》ましいのだ。

「港湾利権の時に明智《あけち》先輩に仕込まれた技術は、忘れちゃいないさ」

懐かしい名前が出た。『ユニオン』の二年先輩の記者で、神奈川県警、警視庁のバンキシャをやっていた女性だ。長身ではっとするほどの美人。ほっそりした体形であることも相まってファッションモデルと勘違いされることもしばしばだった。

実態は、我々より『オジサン度』が高く、喧嘩早《けんかばや》くもあるので、手弱女《たおやめ》な外見に騙されたバカな男は手痛いしっぺ返しを食らうことになる。そして、鼻の下を伸ばした広報担当の警察官を手玉にとる程度にはしたたかではあった。

今は、料理関係のフリーライター業に就いていて、ＴＶやファッション誌に登場するなど、かなりの人気だ。実家は都内と横浜に数軒の高級レストランを経営していて、料理の知見はそこから得ている。

「明智先輩も、『ユニオン』魂が残っているらしいな。今回の取材で、いくつか手助けをしてもらった」

私は、未《いま》だに明智先輩と接触を持っている杉沢に軽い驚きを感じていた。私は別の途《みち》で成功者となった彼女に気おくれを感じていて、徐々に疎遠になっていったのだ。

「明智先輩、お前のことを懐かしがっていたぞ。たまには連絡を入れろよ。ほら、名刺をやる」

杉沢がパンパンになった名刺入れから、現在の明智先輩の名刺を引き抜いて、私に差し出した。

物怖《ものお》じしない杉沢と違って、私は少々鬱屈《うっくつ》している。まぁ、連絡はいれないだろうなと思いながら、名刺を受け取った。

「十年だ。十年の時間をかけ、それでも悟られずにじわじわと浸透しているテロリスト集団だぞ？　汚染はどれくらい進んでいるかな？　政治家、財界、自治体、マスコミ。掘れば掘るほど、ヤバいのが出てくる」

酔いが回ってきたらしい杉沢が、唐突に自分のネタの話に戻る。そうそう、コイツはこういう風にポンポンと話が飛ぶ。

この古ぼけた居酒屋で、何度こうした夜を過ごしただろう。

「手引きしている奴がいるんだよ。俺はNPO法人がクサいと感じているね」

「私が知っているNPO法人は、慎《つつ》ましやかで善良だぞ」

「省庁や自治体が妙に肩入れしているNPO法人が怪しいんだよ。実績もないのに、億単位の助成金がじゃぶじゃぶ流れる」

「現在の第一野党『憲民党』が政権とったときに、NPO法人設立の規制を緩和したな。その頃に出来た法人か？」

お代わりで来た新しいバイスを半分ほど一気に空け、手の甲で口を拭った後、杉沢がニヤリと笑う。

「それよ。磐田、ユニオン時代にNPO法人認可がらみの取材をしていたろ？」

「ああ、していたな。私が掘っていたネタだ。財団法人解散時に基本財産を関係団体に寄付出来るようになり、その金の流れが怪しかった」

「その取材メモの写しを俺にくれよ。正確に思い出せないんだが、ちょっと気になるNPO法人があるんだよ」

休眠法人が反社会的な連中のマネーロンダリングの温床になっているということで『公

益法人制度改革』が行われた。その移行期間限定で色々な特例が認められている。私はそこで不正の臭いをかぎ取って取材を進めていた。

「私が見つけたスクープだぞ」

「使わないんじゃ、宝の持ち腐れだ」

悪意はない言葉なのだろうが、ズキンと心が痛んだ。そうか、杉沢から見ると、私はすっかり大人しくなった飼い犬に見えているのか。

「まぁ、確かに、埋もれるくらいなら誰かに使ってもらった方がいいな」

鷹揚《おうよう》な態度は、私に残った僅《わず》かな矜持《きょうじ》だった。ちっぽけなプライド。

「恩に着る。もう少しで何かを摑めそうなんだ。誰も手をつけなかったネタだぞ？　何か賞でもとるかも知れん。そうなったら、小便臭いアイドルの尻を追いかける仕事なんざ、おさらばさ。金も入る」

「メールで送ればいいか？」

「いや、メールはやめてくれ。どうもメールやSNSを窃視されている気配がする」

「それじゃ、メールを送る必要がある時は、セールスのダイレクトメールに偽装して送る。解読方法は覚えているな？」

杉沢が頷く。ユニオン誌時代、こうやって公安や危ない連中を躱《かわ》していた。

「杉沢、盗聴をやる反社の連中は危険だぞ。大丈夫か？」

「大丈夫だよ。窃視されているなら、逆にそれを利用してやる。兵法三十六計だっけ？」

「第三十三計、反間の計だな」

　二人で大笑いした。

「明智先輩に尾行の撒《ま》き方や、普段の心得を教えてもらった。それが、役立つ」

　電車のドアが閉まる寸前に降りたり、ホームで電車を待つときは両足を揃《そろ》えないなどといった事柄だ。

「エレベーターを使う際も、利用階を通り過ぎて非常階段を使ったりしているよ。杞憂《きゆう》だと思うがな」

「運動になっていいじゃないか」

　久しぶりに、『ユニオン』での青臭い駆け出し記者に戻った気がした。

　あの頃悪に立ち向う気概が私たちには確かにあった。

　杉沢は北区赤羽《あかばね》に住んでいて、このまま京浜東北線一本で帰ることが出来た。

　私は江戸川区の平井に住んでいるので、秋葉原《あきはばら》まで一緒に終電間際の電車に乗ってそこで別れた。

「磐田。俺、今度、結婚するんだ。詳しくは次に会った時に話すよ」

杉沢との別れ際の会話だった。その日私が一番驚いた話だった。

そして、それが私と杉沢の最後の会話となった。

第一章

1

休日でも、本来なら私は規則正しく起床する。ジャーナリストは不健康で乱れた生活をしていると思われがちでそのような人物も多いが、努力すれば囚人のような規則正しい生活を営むことも可能だ。

私は、それを明智先輩に学んだ。仕事は集中する。過度な飲酒は避ける。三食を決まった時間に摂《と》る。適度な運動をする。寝具に拘《こだわ》り良質な睡眠時間を確保する。

これらを守れば、仕事のパフォーマンスも上がる。徹夜して長時間仕事すればやっている風に見えるが、実は効率が悪いことも多い。

無頼漢気取りの杉沢と違って、私は十数年こうした生活をしていた。

それが、久しぶりに寝坊してしまい、早朝のジョギングをサボってしまった。頭が割れるように痛いのは、二日酔いのせいだ。深酒しないように心掛けている私にとって、これも久しぶりだった。

「ああ、くそ」

口汚く罵《ののし》りながら、掛布団を剝ぐ。スーツのまま寝ていたことに気付いて、思わずため息が出る。杉沢のペースに巻き込まれて、飲み過ぎてしまった。

皺《しわ》くちゃになったスーツとスラックスの中身を机の上に出す。スーツは昨夜の居酒屋の焼き鳥の臭いと汗の臭いがしみついていて、二日酔いの脳を直撃した。同時に吐き気がこみあげてくる。

トイレに駆け込んで吐く。酸っぱい胃液が私の食道を焼いた。

口をゆすいだ後、スポーツドリンクを飲む。二日酔いの朝のスポーツドリンクは三割増しで旨《うま》い。体が水分を欲しているからだろう。

スーツはクリーニングに出すことにして、ランドリーバッグに突っ込んだ。

クローゼットのスーツに移し替えようと、名刺入れ、商売道具のICレコーダー、財布、キーホルダーが載った机の上を見る。そこに、小さく折り畳んだメモと鍵を輪ゴムで綴《と》じたものが転がっていた。

昨夜の杉沢との会話を思い出す。

「俺に万が一のことがあったら……」

奴は、そんなことを言ってこれを私に託したのだ。

杉沢はスマホのメモ機能やカメラ機能を取材で使わない。

以前密着取材した警視庁の捜査二課の刑事に感化されたらしい。取材はICレコーダーだけではなく、手書きの手帳を使う。

その手帳のページに書き込み、破って畳んだのがそのメモだ。住所と電話番号と店名が書いてあった。私設私書箱の店だった。丸で囲ったナンバーは、私書箱のナンバーだろう。

鍵はそれを開けるものか。

「まさか、本当なのか？　いや、イタズラの可能性もあるか」

鍵とメモを机の抽斗《ひきだし》に放り込む。

ようやく胃のムカつきが回復してきたので、コーヒーを淹《い》れた。今日、予約していた総合格闘技《MMA》のジムと陶芸教室にお休みの連絡を入れ、淹れたてのコーヒーを啜《すす》る。カフェインが、私のアルコールでふやけた頭をすっきりとさせてくれた。

久しぶりに何もやることがない休日になったので、仕事用のノートPCを立ち上げて、休み明けの記事のチェックを始める。

休日は仕事をしないという自分のルールに反するが、日本人などそういうものだろう。私も例外ではない。何もないを楽しむことが出来ない。

しかし、集中は長くは続かなかった。杉沢の話が脳裏にチラついて仕方がないのだ。

「ええ、くそ」

これから伸びる銘柄の歯の浮くような提灯《ちょうちん》記事を閉じて、検索をはじめる。杉沢が話していた新興国『ウズガラーヤ』についてだった。

名前は知っていたが、どういう国なのか、そもそも何処《どこ》にあるのか、私は知らなかった。せいぜい一九九一年にソマリアからの独立を一方的に宣言したソマリランド共和国のようなものかという認識だ。

検索してもあまり情報は出てこない。物好きな研究者がいて、彼のレポートによると地理的にはシリアの近くらしい。

ソマリランド共和国と同様国家として認められていないので、地図上に存在しない。ウズガラーヤが独立国家を宣言したのは二〇〇八年。イラクとシリアは昔から交流があり、在ウズガラーヤ外国公館を置いている。中国も外国公館を置いているようだ。

基幹産業と言えるものはなく、本当に謎に包まれた国だ。

悪い噂はある。「ゲリラ組織に訓練場を提供している」「マネーロンダリングの中継基地になっている」「欧州では麻薬と武器の密輸に関与している」「欧州で人身売買に関与している」など、ソースが曖昧な情報を拾うことが出来た。一次資料としては使えない情報だ。ただし、一般論として欧州では反社会的な存在であると認識されつつあり、大規模な取り締まりなども行われた形跡があった。

「奇妙だな？」

思わずつぶやく。宗教を背景とした過激組織かと思っていたが、互いに敵対している組織にも平気で出入りしているのだ。ヒズボラやタリバンなどの武装テロ組織みたいなものかと思っていたが、彼らのような思想や理念のようなものが何処にもない。

「国というより、テロ組織相手の企業みたいだ」

ユニオン誌をやめてから、企業相手の記事を書き続けてきた経験上、独特の臭いみたいなものは探知できる。

気が付くと、私は夢中になって謎の国家ウズガラーヤについて、調べていた。

途中ノートPCを仕事用から検索用に切り替えたのは、杉沢が警戒していた様子に影響されてのことだ。

検索用ノートPCは、VPNを嚙《か》ませて匿名性を高めた代物で、産業スパイの真似事をするときや、匿名のタレコミで相手を揺さぶる時に使う。

日本国内でもウズガラーヤ絡みのニュースが散見され、そこに出てきた中東の研究家や、政治学者の名前をメモした。私も杉沢と同じく紙の手帳に書き込む派だった。

時間があっという間に飛び、夕方になっていることに気付く。

朝食はコーヒー一杯だけ。昼食は摂っていない。さすがに腹が減っていた。

スマホをタップする。連絡相手は杉沢だ。昨日の今日だが、ウズガラーヤについてもっと話を聞きたかったのだ。居酒屋で一杯奢《おご》るくらいはやっていいと思っていた。ユニオン誌で、社会悪と戦っていたつもりの情熱に火がついたのかもしれない。

拍子抜けしたことに、杉沢は電話に出なかった。「乞う連絡」のメールを送って一人で近所の定食屋に向かう。老夫婦が経営している定食屋で、常にほどほどに空《す》いていて居心地がいい店だ。脂物は胃が受け付けないかもしれないので、

「うどん定食お願いします」

と、オーダーをして、スマホにダウンロードした十人ほどの日本のウズガラーヤ研究者を検索する。

すっかり興味を惹《ひ》かれてしまったので、電子化されている資料本をいくつか注文した。うどんを啜りながら、各研究者のトピックスを検索する。

調べているうちに、食欲が失《う》せてしまった。

うどんを残して、急いで家に帰る。
ノートPCを開いて、研究者一覧を作った。
斎恭一郎《いつききょういちろう》　京都大学名誉教授　交通事故死　享年七十八歳
沼田小枝子《ぬまたさえこ》　四菱中東研究所主任研究員　自殺　享年三十二歳
出水明《いずみあきら》　東京大学大学院中東研究室　博士後期課程　自殺　享年二十六歳
畑中健介《はたなかけんすけ》　埼玉県文化部長　失踪（当時四十二歳）
伊庭成生《いばしげお》　フリーライター　他殺　享年六十五歳
私はここで怖くなって表を消した。調べていた資料本の作者は、殆《ほとん》どが失踪か、死亡している。年齢も仕事も住んでいる地域もバラバラ。
唯一生きている人物だけメモをする。
久我道夫《くがみちお》という行政書士だった。偽装難民が日本で商売できる法の抜け道を告発した新書を出版している。
杉沢に送ったメールをチェックする。既読はついていない。殆ど使われた形跡はないが、杉沢のSNSのダイレクトメールにも、送っておいた。
不安感がじわじわと胸を焼く。数年前にやめたタバコが吸いたくなった。

2

一日待ってみたが、杉沢から連絡はなかった。

SNSのダイレクトメール機能にも既読のサインはついていない。

不安を抱えつつ、近所の小松川《こまつがわ》図書館に向かう。新聞記事のマイクロフィルムを閲覧するためだ。

研究者一覧に上げた人物の記事を探すつもりだった。

休日の過ごし方としてはどうかと思うが、杉沢からの連絡をじりじりしながら待っているよりはいい。

交通事故死の斎教授はそこそこ有名学者なので記事はみつかった。

記事には無免許で飲酒運転の中国人留学生の暴走車に轢《ひ》かれ、全身打撲で即死だったと書いてある。

中国人留学生は救護も救急車も呼ばずにその場から逃走。後日逮捕されたが、弁護士との接見後留置場で自殺。勾留の際にベルトや靴紐《ひも》は取り上げられたはずだが、なぜかパラコードをつかって縊死《いし》していた。

警察は事情を聞くために接見した弁護士の事務所に連絡を入れたが、同姓同名の弁護士が存在するものの、全くの別人だった。

弁護士を騙《かた》って自殺ほう助をした容疑者として行方を追っている。これが、斎教授事故死の追跡記事だった。

弁護士の身分証を偽造し、名刺も偽造した場合、警察官の立ち会い無しで接見することが出来る。弁護士事務所に確認をとらなかった警察の怠慢だが、性善説が前提の日本の仕組みでは、防ぎようがないのだろう。

もう一つ、記事になっていたのは埼玉県庁の職員、畑中部長の失踪事件だった。心無い野次馬が「公金横領で失踪」など邪推していたが、真面目で温和な性格の人物だったようだ。失踪するような理由が見当たらず、しばらくはニュースを賑《にぎ》わせたらしい。

最後の仕事は、埼玉県が所有する音楽堂でのチャリティコンサートの運営で、協働したNPO法人と金銭トラブルがあったことが書かれている。

私は、そのNPO法人が何者なのか、新聞記事を漁ってみたが、出てこない。なんでも、失踪と誘拐を関連付けて騒ぎ立てた野次馬がいて、名誉毀損《きそん》の訴訟にまで発展したらしい。それで記事を削除したのだろう。

図書館には広報のバックナンバーがある。それを調べればイベント情報に出てくるだろうと思い、埼玉県の公式ホームページを検索した。

一号だけ、バックナンバーが飛んでおり、そこに当該イベントが記載されていたのだろう。遠隔調査では、ここまでで限界だった。

眼も疲れたので、小松川図書館を出る。図書館に隣接している小松川高校のいかにも真面目な生徒たちが、平井駅方面に向かって下校している。私は中年にさしかかった男だ。彼らの若さがまぶしかった。

彼らの下校路から外れて脇道に入る。歩きながら、メールを確認したが杉沢からの返信はない。ダイレクトメッセージにも既読はついていなかった。

「おいおい、杉沢。冗談じゃないぞ」

と、ひとりごちる。杉沢が北区赤羽に引っ越したのは覚えている。引っ越しの連絡で葉書をもらったはずだ。昨夜探したが、どこにしまい込んだか出てこない。現地を確認することすら出来ない状況だった。

私の足は銭湯に向かっていた。リノベーションしたばかりの新しい銭湯『吉野湯』が、お気に入りだった。

高濃度炭酸泉と水風呂があり、温冷交互浴で交感神経、副交感神経を整えることが出来る。サウナがないので、若い利用者が少ないのもポイントが高い。

悪気はないのだろうが、使った椅子や桶《おけ》をもとにあった場所に戻すということを彼らはしない。注意してもいいのだが、待ち伏せされてぶん殴られたことがあるので、面倒くさくなって、躾《しつけ》はしないことにしていた。こうして文化は廃れてゆく。

タオル類はレンタル出来るので、財布から入浴チケットを取り出して番台に渡す。タオルレンタルを申し入れてレンタル料百円を払い脱衣所に向かった。

長く浸《つ》かれるように、わざとぬるくしてある高濃度炭酸泉の浴槽に身を沈める。肌に炭酸の気泡が付着した。差し込む夕日に目を細める。

浴場にはスマホなどは盗撮の可能性があることから持ち込み禁止になっており、銭湯は電子機器デトックスという側面もある。

浴槽の縁に頭を乗せて天井を見る。水の照り返しがゆらゆらと複雑な図形を描いていた。ぼんやりと、これからどうするかを考えた。今書いている原稿を納品したら少し時間に余裕が出来る。その時間を使って、埼玉県庁の資料室で広報の紙のバックナンバーを探すのと、赤羽の杉沢の家を訪ねること。この二つを実行に移すことを決心した。

住所は、杉沢の引っ越し先が書かれた葉書を送られたと思《おぼ》しき共通の友人と連絡をとればいい。

私も杉沢も友人は極端に少ないが、明智先輩なら連絡を入れているはずだ。

脳内のメモに「明智先輩に連絡」を書き込む。

うとうと眠りながら、たっぷり一時間も湯に浸かってから『吉野湯』を後にする。疲労と二日酔いは完全に抜け落ちていた。

喉も渇いていて、小腹がすいていたので、平井駅前にあるもつ焼きの店に入る。私は一人で店に入るのは平気な性質《たち》だ。この『角吉《かどきち》』はカウンター席もあるので気兼ねなく使えるのがいい。

「ホッピー黒のセットと煮込みとポテトサラダ、お願いします」

唇に銀色のピアスをした若い女性の店員さんにいつもの組み合わせをオーダーしたあと、スマホを取り出して杉沢からの返信をチェックする。

やはり既読すらついていない。住所を突き止めて訪問するという行動の優先順位を上げた。

「どうした？　杉沢。本格的に心配になってきたぞ」

思わずつぶやく。何か追加オーダーかと、先ほどのピアスの女性店員が私をみたが、慌てて手を振って「何でもない」というボディランゲージを送った。

冷や汗をかきながら、唯一生き残っているウズガラーヤ関係者・久我道夫について調べる。事務所の公式ホームページがあったので、勤務先と顔かたちの情報は入手できた。

東京都行政書士会の公式HPにも事務所名が載っていたので、実在しているのは間違いない。『久我道夫行政書士事務所』とあるので、一人親方の小規模な事務所なのだろう。自宅兼事務所や、複数の同業者がオフィスをシェアすることもある。東京都行政書士会の公式HPに、久我と同じ所在地が事務所になっている行政書士がいるので、おそらく後者だ。

行政書士と司法書士の区別が曖昧なので、行政書士とは何かを検索する。

ホッピーのセットが到着したので、氷と焼酎が入ったジョッキにホッピーの黒を注ぐ。好みの濃度に調整し、ジョッキを呷《あお》った。からからに渇いた喉にほろ苦いホッピーが転がり落ちていく様は、まるで慈雨だった。

煮込みの具をつまみに、行政書士についての解説を読む。

ざっと読んだところ、行政書士とは要するに「官公署に提出する書類の作成代理業」のことだ。

その書類は大まかに「許認可申請」「権利義務、事実証明」のことで、前者は「飲食店の営業許可申請」や「NPO法人設立認証申請」。後者は「遺言書」や「帰化許可申請」などが仕事の範疇《はんちゅう》らしい。

もちろん、個人で各手続きはできるが、お役所特有の不親切なたらいまわしや、わざと何度も書き直させる底意地の悪さを回避したい場合は書類申請のプロにたのもうというわけだ。

手帳に久我行政書士の連絡先をメモする。

会計を終えてざわめく店内から退出する。いつも行列が出来ているテイクアウト専門の焼き鳥屋『鳥喜《とりよし》』の脇を通って、住宅街に入る。その一角の古アパートが私の巣穴だ。

歩きながら、メールをチェックする。杉沢からの返信も既読もない。

スマホをタップしてコールしたのは杉沢からもらった明智先輩の最新の名刺に書かれている電話番号だった。

数回の呼び出し音で、声が聞こえた。

「もしもし？」

ハスキーで、耳に心地よい声。明智清美《きよみ》先輩の声だった。

3

「お久しぶりです。磐田です」

無沙汰の詫《わ》びを言う。

『全くだよ。勝手にフェードアウトしやがって』

普段通りの明智先輩だったので、申し訳ない気持ちと嬉しい気持ちがないまぜになる。

「杉沢に先輩の最新の名刺を見せてもらったので、ご連絡差し上げました」

『杉沢は元気か？　何か新しいネタを摑んだと言っていたぞ』

「誰にも知られずに浸透しているテロ組織の話でした」

『たしか、ウズガラーヤとかいう謎国家だったな』

「それです。そのことでご相談がありまして」

『なんだ？　言ってみろ』

明智先輩は押しが強くて高圧的と思われているが、話は辛抱強く聞く。聞き流しながら「話が途切れた時に何を言おうか？」しか考えていない者は少なくないが、彼女はメモもとらずに話の要点や質問事項を脳内で構築する。地頭《じあたま》がいいのだろう。

私は、杉沢から聞いた話を基に浅く掘ってみた経緯を明智先輩に説明した。

「それで、ちょっと心配になって杉沢に連絡をとったのですが、返信がありません。二日酔いで寝ているだけならいいのですが……」

『杉沢は酒に弱いが回復は早い。免疫が強いんだろうな。寝込んだままとは考えにくい。確かに心配だ』

「杉沢の家に行こうかと思うのですが、引っ越し挨拶の葉書を無くしてしまって、正確な住所がわかりません。先輩は御存じないですか？」

『わかるぞ。メールで送る。アドレスは昔のままか？』

「はい、そうです。助かります。今からでも行こうと思うのですが、先輩もどうですか？」

ううむと、明智先輩の唸《うな》り声が聞こえた。言いよどむ先輩は珍しい。

『実はな、磐田。交通事故で両脚骨折していて車椅子生活なんだ。今は両親の実家にいる』

TVのレギュラー番組も当分の間出演しないそうだ。原稿は執筆出来るので、多く抱えているエッセイなどは続けるらしい。

「そうでしたか……。お見舞い申し上げます。大変でしたね」

『というわけで、暇なんだよ。逐次報告寄こしてくれ。手助けしてやるよ』

「心強いです」

これは、本心だ。明智先輩は知識が豊富で直観力が鋭い。

『管理会社に連絡を入れて鍵を開けてもらえばいいんだが、お前と杉沢の関係性が「お友達です」じゃ、開けてくれねぇぞ。警察を介入させねぇとな』

「そうですね」

たった一日連絡がつかなかっただけで、警察は動いてくれないだろう。関係者が次々と死んでいるんですと訴えても、

「コイツ頭がおかしいんじゃないか?」

と、思われるだけだ。

『警察官を一人紹介してやる。ウズガラーヤ絡みの情報を欲しがっている警視庁公安部外事四課の公安刑事だ。それもメールで人着《にんちゃく》を送る』

明智先輩は神奈川県警と警視庁の番記者だったことがあり、無意識に警察の隠語を使うことがある。「人着」とは、犯人の人相や着衣のことだ。相手は刑事さんなので、用法としては間違っている。

「警察が最初から介入すると、交渉はスムーズですね。私はこの足で北区赤羽に向かいます。管理会社と刑事さんへの連絡を任せていいですか?」

『先輩をこき使うとはいい度胸だ。まぁいい。自分で申し出たことだからな。赤羽駅北改札口で待っていろ。そこに集める』

私は平井から総武線で秋葉原に移動し、京浜東北線に乗り換えた。秋葉原から赤羽までは二十分ほどの乗車時間だ。

　さすが、飲兵衛の聖地だけあって、駅改札周辺は酔漢が多い。私は明智先輩から送られたメールをチェックした。外事四課の刑事さんは、六志麻生《りくしあさお》という氏名らしい。添付された写真は荒い画素だったのではっきりとは目鼻立ちがわからなかったが、痩せてひょろりと背が高い人物のようだ。身長は百八十五センチと書いてあった。

　そろそろ集合場所の改札口に来る時間なので、周囲を見回す。酔漢の群れから頭一つ抜け出た人物が歩いているのを見つけた。

　猛禽《もうきん》の嘴《くちばし》を思わせる鷲鼻《わしばな》。薄い唇はへの字に引き結んでいる。落ちくぼんだ目は鋭く頬骨が高い。日本人離れした面相だ。浅黒い肌も相まって一見するとアラブ人に見える。

　六志は私の顔を明智先輩から送られて知っているのか、迷わず私のところに来た。

「磐田さん？　六志です。情報提供ありがとうございます」

　怖そうな外見だが声は穏やかで、微《かす》かにスパイスの香りがした。

「磐田です。友人の杉沢という男がウズガラーヤについて調べています。いくつか彼から資料をお渡しできると思います」

　握手をする。六志の手はひんやりと冷たくて、柔らかい握手だった。マッチョイズムの男はここで強く握手をしてくる。そういうタイプは苦手なので、私の第一印象は悪くない。

　管理会社から来た作業着姿の小太りの男性が合流する。名札には井岡《いおか》と書いてあった。

「刑事さん？　一応、決まりなので身分証を見せてもらえますか？」

「もちろんです」

公安刑事が珍しいなと思ったが、六志はあっさりと身分証を提示した。

井岡が、手に持ったバインダーに挟んである紙に何かを書き込み、私に目を向ける。

「あなたが、通報の磐田さん？　名刺とかあります？」

私は井岡に経済誌の名刺を渡す。井岡はそれをバインダーのポケットに納めた。

「では、参りましょう」

井岡に案内されたのは、赤羽駅から徒歩十分ほどの距離にあるボロアパートだった。

雨ざらしの廊下に洗濯機が並んでいる古いタイプのアパートである。一階に三部屋、二階に三部屋という構造だ。

「これは、築五十年のアパートで、現在お住まいの方々の契約が終わったら、取り壊す予定なんですよ」

と、井岡が説明した。契約は二年更新が普通なので、あと二年でこのアパートは取り壊しになる。

「ええと、杉沢二郎さんは二〇三号室ですね」

二階の南端の部屋が杉沢の部屋らしい。

錆《さ》びた鉄階段を上がってゆく。段が抜けるのではないかとハラハラするほど腐食が進んでいる。

鍵束をジャラつかせてスペアキーを探す井岡に六志が話しかけた。

「開錠は俺がやってもいいですか?」

六志は穏やかに笑っていたが、その意味するところを理解した井岡が顔を強張《こわば》らせる。

「そうなりますか?」

「一応、念のためですよ、井岡さん。余計なものは見たくないでしょ?」

「見たくないですね」

不穏な二人の会話が続く。

「ちょっちょっと待ってください! 何の話ですか?」

私は会話に割り込んだが、心の片隅で彼らと同じことを想像していた。

六志は井岡から鍵を受け取ると、ポケットから小型のマグライトを取り出し、扉の隙間
に鷲鼻を近づけた。臭いを嗅いでいるらしい。

ため息をつき、六志が肩を落とす。

スマホを取り出してタップした。どこかに電話をかけているらしい。

「臨場した。ドアの隙間からアーモンドの臭いがする。処理班を頼む」

六志が通話を終えて周囲を見回す。この辺りは古い住宅地と町工場が混在しているエリアで、夜間人口は少ない。

アパートの裏は空き地になっていて、その先はコインパーキングだった。

そこで六志が再びスマホをタップする。

「所轄は赤羽警察署か？　処理班が到着したら作業に入るまえに住民を避難させたい。警戒線テープをもって地域課員を二十人ほど寄こしてくれ」

一通り指示をすると、六志は私と井岡を手招きして、通りに先に移動した。

「残念だが、杉沢さんは拉致されたと思う」

とだけポツンと言った。私は頭に血が上りかけたが、怒りを六志にぶつけても仕方ないことは理解していた。

「なぜ、そう判断したんですか？」

「俺が呼んだのは、公安機動捜査隊の爆弾処理班です。あの扉の内側にはセムテックスが仕掛けられています。独特の臭いがあるんですよ。アーモンドみたいな臭いです」

井岡が話に割り込んで来る。

「え？　じゃあ、六志さんがいなかったら、私は爆弾で……」

六志が頷く。井岡がよろめきながら私たちの傍らを離れ、電信柱に寄り掛かって吐く。

私も吐きそうだった。

「過激ゲリラ組織イスラム国が壊滅して、危険度が下がった。それで中東方面専従の外事三課は、外事二課から北朝鮮だけを抽出した連中に明け渡した。中東担当は規模を縮小して新設の四課となった」

不満なのか、六志の眉間に深い皺が刻まれる。

「人手不足の間隙をついて、水面下でこそこそしていやがった連中が活性化したんだ」

「それが、ウズガラーヤ？」

「そうだ。ウズガラーヤだ。彼奴《きゃつ》らはじっくり時間をかけて深く浸透しやがった。旧三課すら気付かないように」

それを杉沢は掘り当ててしまったというのか？

「日本でテロを起こすつもりなんですか？」

「ここから先は、捜査情報なので詳しくは言えない。俺の情報ソースになってくれれば、もっと協力できるんだが」

聞いたことがある。公安は民間協力者をスカウトすることがあると。通称『公安のエス』。エスはスパイのエスだ。

杉沢の顔が脳裏にチラつく。不意に私書箱と鍵のことを思い出す。

公安の走狗《そうく》になることに、ジャーナリストとして忸怩《じくじ》たるものはある。

だが、私一人でこの先謎多きウズガラーヤに切り込んでいけるだろうか？

私の情熱は杉沢と違って錆びついてしまっていないか？　そんな不安感が胸をよぎる。

「わかりました。市民の義務として警察にご協力させていただきます。警察からの許可が下りれば、いずれ、ルポルタージュを書かせていただきますが、それはよろしいですね？」

私の言葉に、六志が微笑を浮かべた。

「もちろんです。ご協力に感謝いたします」

柔らかい握手。名刺の交換をする。

「これで、俺たちは仲間です。正義のために戦いましょう」

柔和な表情を崩さず、六志が笑う。

よく見た顔だ。経済紙に提灯記事を書くとき、雑誌購読者を騙すときに経営者が浮かべる笑み。

ぞわっと嫌悪の鳥肌が立ったが、長袖シャツを着ていたので、六志には気づかれなかった。

飼われた犬だった私は、新しい飼い主に出会ったらしい。

その飼い主は、明らかに嘘をついている顔をして、柔らかい握手をする。

何よりも怖かったのは、落ちくぼんだ六志の目に、憎悪に近い怒りが垣間見えたことだった。

第二章

1

知り合いの料理研究家である明智清美から久しぶりに連絡があり、北区赤羽に行った。ウズガラーヤ関連で新しい情報があるかもしれないという話だった。

明智は、中東関係の料理を研究している関係で、在日トルコ人やイラン人などのコミュニティと接触している。

明智のような人物から上がるうわさ話の検証や、情報ソースを握っていると思しき人物を味方に引き入れるのが俺の所属する『情報分析班』の仕事だ。

仲間や情報提供者から送られてくる大量の情報から有益な情報を選《え》り分ける作業は神経をすり減らす。判断ミスでシュレッダー行きの情報が、実は重要な密告だった場合、情報提供者に危険が及ぶ。

世界各地でイスラム国によるテロが頻発したここ数年、日本で一件もテロが起きなかったのは、命を削ってゴミの山から宝石を拾い上げた俺たちのおかげだ。誰にも知られず、顕彰すらされず、秘密主義のせいで警察官にさえ嫌われながら、黙々と戦う。これが俺たち公安刑事の誇りだ。

杜撰《ずさん》な仕掛けのブービートラップの処理を所轄の赤羽警察署と公安機動捜査隊爆弾処理班に任せ、俺は帰路についた。

霧雨が降り始めて路面が濡れてきた深夜の赤羽を歩く。アスファルトが濡れる匂いは嫌いじゃない。

「終電過ぎたので、タクシーで江戸川区まで帰ります。方向が一緒なら乗りませんか？」

俺の横にタクシーが止まり、窓を開けてそんなことを話しかけてきたのは、今回の情報提供者である磐田隆《たかし》だった。

彼とは今後の協力関係をとりつけたが、ジャーナリストという手合いは、取り扱いに注意が必要だ。公安を敵視しているケースも多い。

俺の住所は表向き目黒区になっている。少し調べれば、公安機動捜査隊の事務所であることがわかるだろう。実際は都内に幾つかのセーフハウスを確保していて、使い分けていた。

廃棄予定のセーフハウスが、亀戸《かめいど》にあることを思い出す。磐田の住居がある平井とは近い。

「いいんですか？　では遠慮なく。傘を持っていないのです」

住居が亀戸であることを告げると、磐田が「ご近所さんですね」などと言って笑う。

これで、亀戸のセーフハウスに何者かの監視がついたら、磐田が誰かに情報を売ったことがわかる。どうせ廃棄処分するセーフハウスなら、新しい情報提供者の試金石に使えばいい。そもそもジャーナリストは信用度が低い。

タクシーの中で主に話していたのは磐田だった。なんとか、俺から情報を得ようと雑談の中で巧妙に誘導尋問を仕掛けてくる。こっちは訊問のプロだ。それくらいの小手先テクニックはわかる。

逆に、杉沢二郎という失踪者について、俺は色々と情報を蓄積した。友人が失踪して、部屋に爆弾が仕掛けられていたのだ。磐田は不安だろう。不安な時は、こっちが沈黙を保っていれば勝手に情報を漏らすものだ。

杉沢は、どこまで掘っていたのか？　そこに興味があった。拉致され、関係者を殺そうとするほどの情報はいったい何だ？

残念だが、杉沢は拷問され殺されるだろう。きっと今頃は地獄を味わっているはず。可哀想だが、もう手遅れだ。助けることは出来ない。

「警視庁公安部外事課は三課体制から四課体制になったんですね？」

「二〇二一年に、約十九年ぶりに組織改変されました」

「もともと、六志さんは三課の方だった？」

「そうです。二課が中国と北朝鮮担当だったんですが、二課が中国と東南アジアの担当になり、三課が北朝鮮担当になったわけです。国際テロと中東関係だった三課は四課となりました」

これは、公示している情報なのでしゃべってもいい。磐田もジャーナリストなら専門外だとしても、それくらいは下調べしているはず。

話の接ぎ穂ってやつか。そろそろ俺の沈黙に居心地が悪くなってきた頃なのだろう。

「イスラム国が事実上消滅して、中東担当の四課は縮小しました。代わりにロシア担当の一課、中国担当の二課、北朝鮮担当の三課は合計五十人ほど増員されていますね」

これは公示されている情報ではないが、少し掘ればわかる情報だ。こうした小ネタを餌として与えるのはジャーナリスト籠絡《ろうらく》の定石だった。

「ああ、そうなんですね」

磐田がわざとらしくメモを取っている。さすがに会話を無許可に録音はしていないようだ。ジャーナリストにしては行儀をわきまえている。

それに、投げてやった餌に尻尾を振らない。短時間でこれらを調査済なら、磐田はそこそこ優秀ということになる。

荒川区を抜け、明治通り沿いに亀戸駅前まで行く。俺が腕組みして寝たふりをしていると、磐田は会話を諦めたのか、シートに深く座って霧雨に濡れそぼつ深夜の街並みをぼんやりと見始めた。

人の絶えた亀戸駅の横を通り過ぎ、京葉道路に入った。このまま千葉方面に向かえば磐田の住居がある平井に至る。

「六志さん、亀戸九丁目ですよ？」

磐田が俺の肩を揺する。俺は今起きたような演技をして、磐田に礼を言った。

財布を出そうとしたら、磐田が身振りで止める。

「取材費で落としますから大丈夫です」

と言って笑った。これは、「心理的な貸し」を作る使い古された手だ。

俺は小役人らしく、

「あ、そうですか。なんだか申し訳ない」

と言って頭を下げた。

音もなく降る霧雨に肩を濡らしながら歩く。

俺が降車した亀戸九丁目は、京葉道路沿いに高層マンションが並んでいるが、一本裏道に入ると古い木造家屋が並ぶ住宅地になる。

義肢の町工場の並びに廃業したクリーニング店があり、ポケットから鍵束を出す。そのうちの一つがこのセーフハウスの玄関の鍵だった。

いつもの習慣で、引き戸の隙間の臭いを嗅ぐ。俺は昔から嗅覚が鋭く、空気の中に混じる「ここで臭ってはいけないモノ」を探知出来た。

赤羽の現場で爆弾を見抜いたのが、この能力だった。何度も命を救われている。

異常がないことを確認して、ガタピシ鳴る戸を開ける。

廃業して五年以上経過しているのに、室内には業務用洗剤のヒノキの香りがした。

ハンガーは売るほど床に積まれていたので、そのうちの一つを使って濡れた上着を吊るす。

ショルダーホルスターを外して机の上に置いた。ホルスターの中にはＳＩＧＰ２２６、通称９ミリ拳銃が入っている。

自衛隊でも使われている自動拳銃だ。ぽたぽたと水滴が落ちる上着のポケットから予備のマガジン二本を取り出してその横に並べた。

こんなのは拳銃の取り扱い規範違反だが、それを気にする奴は公安刑事にはいない。作業台だったと思しき机以外は、家財道具は全て運び出されている。がらんとした殺風景な部屋で、畳さえ外されていて、剝《む》き出しの床板の上に折り畳みのコットが置いてあるだけだ。

俺たちにとっては、雨露を凌《しの》げて横になれるだけで上等だった。

疲れ切った体を横たえる。ポキポキと鳴る背骨に、加齢による衰えが意識された。

眠気はすぐにきた。俺は不眠症気味なので、久しぶりの眠気に縋《すが》る。珍しく夢は見なかった。悪夢が俺の不眠症の原因だ。未だにあの光景が脳裏から消えてくれない。

何度も何度も俺を苛《さいな》む悪夢は、現在追跡しているウズガラーヤ関連だった。

イスラムの過激組織に比べると大人しい連中だった。

地域の清掃など住民に溶け込む努力をしているように見えた。

当時、旧三課の主目的はイラン人過激派組織で、麻薬や銃器や詐欺の排除に手一杯だった。

ウズガラーヤは気にはなっていたが、後回しという判断を俺と情報分析班は下してしまった。

これは、悔いても悔いきれない俺のミスだった。

2

朝になり、目が覚める。外事四課に漂白されたスマホで、今日一日外出というメールを送る。防諜《ぼうちょう》処理されたものを、隠語で『漂白』という。

情報分析班はデスクワークだけではなく、得た情報の裏取りを自ら行うこともある。今回はその一環という扱いだ。

もう帰ってくることがないであろう亀戸九丁目のセーフハウスに監視カメラ設置を依頼する。これで、磐田の口の堅さが証明されるだろう。

電気工事に偽装した工作班が工事に入るはずだ。

俺は赤羽に足を向けた。公安機動捜査隊は目黒の本部に帰還していて、爆弾の解析に入っていることだろう。そこも今日中に訪れるつもりだが、まずは現場だ。

赤羽警察署では、重大案件として警備課の預かりとなったようだ。つまり、公安の事案になったわけだ。

俺が現場に行くことは、予《あらかじ》め連絡を入れてある。外国人テロリスト事案を発見したにもかかわらず、自分の手柄にせず所轄の警備課に譲ったことで、貸しを作ったことになる。現場仕事は、貸しと借りで出来ているものだ。警察内で嫌われ者の公安は特にそれが顕著だった。

昨夜の現場になったアパートでは、制服警官が警戒線の黄色いテープの前で立哨していた。

スーツ姿の刑事は、警備課の若い刑事だろう。俺の方を見て歓迎の笑みを浮かべて手を振った。敬礼はしないのがわれわれの不文律。

理由は、どこで敵対的な組織が監視しているかわからないから。敬礼ひとつで、二人の階級差なども類推されてしまうからだ。

「本庁の六志警部ですね。赤羽署警備課の丸瀬《まるせ》といいます。お噂はかねがね伺っております。現場検証ですよね？　ささ、どうぞ」

丸瀬という若い公安刑事に招かれて、黄色い警戒線テープをくぐる。そこで俺は聞きおぼえのある声を聞いた。

「六志さん。六志さん。私です。磐田です」

昨夜、俺はジャーナリストである磐田をここから引き離すため、所轄の赤羽警察署と公安機動捜査隊に任せて磐田と同じ方向にあるセーフハウスに向かったのだ。

タクシーに同乗したのは、磐田が現場に引き返すことがないよう監視する意味もあった。だが、磐田は現場に戻ってきた。

しつこいのは、ジャーナリストの素質ではある。磐田はそういう意味では優秀だった。

「杉沢は私の友人なんです。なんとか中に入れて頂けませんか？」

丸瀬が俺と磐田の間に立ちはだかる。丸瀬はスーツの上からでもわかる筋肉の塊で短髪で人相が悪い。公安刑事というより組織犯罪対策課にいそうなタイプの男だ。

その丸瀬が怖い顔で凄《すご》んでも、磐田は怯《ひる》んだ様子が無い。俺は何か言いそうになっている丸瀬の肩に手を置き、

「俺の協力者だ。通してやってくれないか？」

と言った。丸瀬は渋々といった様子で脇にどく。磐田は立哨する警察官や丸瀬に頭を下げながら警戒線のテープを潜った。

図々《ずうずう》しい奴だなと思ったが、元・左翼系雑誌のジャーナリストなどこんなものだ。

男三人で階段を上がる。

「どれくらいの量の火薬が仕掛けられていたんですか？」

歩きながら、磐田が質問してくる。丸瀬の眉間の皺が深くなった。彼はジャーナリストという存在を快く思っていないらしい。

「まだ、記事にしないと約束するか?」

俺の言葉に磐田が頷く。

「約束します」

言葉に出したのは、俺の信用を得るためか? 彼は落としどころを理解しているタイプだと思えた。

「おそらく、このボロアパートは吹っ飛んでいたと思うぜ」

「なぜ、そう思えるのですか?」

「杉沢さんの友人または協力者を殺すため。あとは証拠隠滅だな。燃焼促進剤もあっただろ? 丸瀬」

「はい、その通りです。おい、磐田とやら、許可なく記事を書きやがったら、ただじゃおかねぇからな」

丸瀬が巻き舌で凄む。やはり組織犯罪対策課の刑事っぽい。磐田はわざとらしく怯《おび》えて、

「わかっていますよ。怖いなぁ」

と答えた。丸瀬が磐田を睨《にら》みつけた。磐田は目を伏せる。これも、演技臭い仕草だった。

丸瀬のようなタイプ相手になかなか図太い。

何かを言い返そうとする丸瀬を制して、

「まぁまぁ、こう見えて磐田さんはベテランだ。警察との約束を破ったらどうなるか、理解しているはずだよ」

丸瀬が言葉を飲み込み、忌々《いまいま》し気な鼻息に変える。

俺がホテルのアメニティであるシャワーキャップをポケットから出すと、

「あ、六志警部、足跡の痕跡《ゲソこん》は採取しましたので、土足で大丈夫です」

と、丸瀬が言う。俺は足跡を残して鑑識の手を煩わせないよう、靴をシャワーキャップで包むつもりでいた。

「そうか。では、このまま行かせてもらう」

一応、使い捨てのラバー手袋だけして、昨日少しだけ開けたドアに手を伸ばした。

玄関口から、ざっと杉沢の部屋を見渡す。

家財道具は全て運び出されており、ガランとした空間になっている。

シンクとガスレンジ台がいっしょになったキッチンには、ユニットバスの安っぽいプラスチックのドアがあり、その隣のドアはトイレらしかった。

曇りガラスの引き戸の先は六畳ほどの畳の部屋で、畳の焼けていない部分から類推すると、たいした家具は置いていなかったようだった。

「パソコン類はあったか？」

「いえ、ありませんでした」

「持ち去るわな。スマホも無かったよな」

「ええ」

何か重要な残留物を期待していたわけではない。爆弾で一気に隠蔽《いんぺい》しようとする部屋に情報につながる何かを残すわけがない。

「なぜ、爆弾が仕掛けられていることに気が付いたのですか？　アーモンドの臭いとかおっしゃっていましたよね」

俺はポケットからキャンプ用のビクトリノックス製ナイフを取り出し、ナイフを起こしてセムテックスが貼り付けられていた玄関脇の壁を擦った。

「臭いを嗅いでみてください」

俺からナイフを受け取り、磐田がおそるおそる鼻を近づける。

「微《かす》かにアーモンドみたいな臭いがしますね」

と言って、俺にナイフを返してきた。

「よく中東のゲリラどもがテロに使用するセムテックス爆弾の臭いです。俺は嗅覚が鋭いので、この臭いに気付いたわけです」

指でナイフのブレードを拭い、刃を折り畳んでポケットに入れる。

「爆風は、入ってきた人物の頭を粉々にして、床と壁に跳ね返って、こっちに抜ける。おそらく、鉄板のような補強材があっただろう？」

「ありました、ありました」

丸瀬が俺の推理を補完する。

「だろうな。ここに染みがあるから、第二のセムテックスがここに張り付いていたはず」

丸瀬が頷く。彼は今、先輩から公安刑事としての知識を積む授業を受けている気分だろう。

「この爆弾は、爆風を受けると作動する仕掛けがあったはず。部屋中を駆け回った爆風は燃焼促進剤に着火。こんなボロアパートなどあっという間に灰になり崩れ落ちる」

爆発を二段階にしたのは、部屋に入ってくる人物を確実に仕留めるため。今頃は目黒の公安機動捜査隊爆弾処理班で解析されているだろう。

爆弾犯には「癖」のようなものがある。公安機動捜査隊のデータベースから犯人と合致する人物が抽出されればよいのだが。

ひょっとしたら自分が殺されていたかもしれない事実を突きつけられ、怯んだかと思って磐田を見てみたが、いくらか顔が青ざめているとはいえ、心は折れていないようだった。見かけによらずガッツがある。

気になるのは、動機だ。磐田は杉沢とは久しぶりに会ったと言っていた。命の危険をおしてまで、付き合う義理はないはずだ。

『磐田は何かネタを握っている』

俺が下した結論はそれだった。

3

一通り杉沢の部屋を検証した後、赤坂署の丸瀬と別れ、王子駅前で昼食ということになった。

俺が入ったのは王子駅前にある『半平《はんぺい》』という名の古い居酒屋だ。創業は約八十年前の老舗で、俺が駆け出しの頃によく先輩に連れていってもらった場所だった。

酒を飲みたくなるのをぐっとこらえて、定食を頼む。この店は卵焼きが名物になっていて、定食とは別に単品で追加する。

雑談をしながら、磐田を観察する。彼は何かを隠していて、俺は彼の事案に執着する動機とともにそれを知りたかった。

「俺はこれから目黒にある公安機動捜査隊に行って、爆弾から何か手掛かりが得たかを聞いてくる。あそこは昔ほど隠蔽されているわけではないが、さすがに部外者は連れていけない。これから磐田さんはどうする?」

公安機動捜査隊は、中核派などの左翼ゲリラが活動を活発化させていた頃テロの標的になる危険性があったので、所在地を隠蔽させていた。

緊急出動の際も、離れた場所で赤色灯とサイレンを鳴らすといった徹底ぶりだった。今はテレビなどでドラマ化されるなど、秘密でもなんでもなくなってしまっているが、さすがに一般には内部が公開されていない。

「そうですね、更に資料を掘ってみようかと思っています。埼玉県庁の資料室でバックナンバーを調べてみようかと」

そんなことを言って、卵焼きをほおばっている。

俺はそれが嘘であることを見抜いていた。ベテラン刑事なら、声のトーンや目線の動きで嘘を悟ることが出来る。こんなのは単なる経験則で特殊能力でもなんでもない。

「では、一旦解散だな。お互いの情報をすり合わせるために、夜にでも待ち合せるか?」

俺が提案すると、磐田の眉が一瞬だけピクリと動いた。俺が磐田を遠ざけるのではなく近寄ったので意外だったのと、警戒心が芽生えたのだろう。

対・ジャーナリストだと、赤羽署の丸瀬の反応が普通なのだ。

「場所はどうしますか？」

磐田は表情の変化を隠してそんなことを聞いてきた。立ち直りが早い。なかなかタフな男だ。

「そうだな。では、小岩にあるバーにしよう。マスターピースという店です。磐田さんのスマホに所在地データを送る」

「ありがとうございます。時間は二十時でよろしいですか？　六志さん」

「ではその時間に」

どっちが昼食代を支払うかで少しもめた後、俺が払うことになった。

会計を済ませ、王子駅まで二人で歩道橋を渡る。磐田は京浜東北線で浦和駅までいくそうだ。俺は目黒駅まで行く設定なので、お互い逆方向に向かうことになる。

「乗り換えに便利なので、私はこっちから乗ります」

磐田は愛想笑いをしながら、ホームを進行方向側に歩み去ってゆく。

ちょうど大宮行きの電車が来たので、磐田はそれに乗った。離れた車両で俺も同じ電車に乗る。

念のため、折り畳みの雨具代わりのスプリングコートを羽織る。尻ポケットに入れていたので折り目がついてしまっているが、防皺加工なので、着ているうちに皺は消えるという代物だ。

コートの色とスーツの色はあえて違う色にしている。スプリングコートは明るい鼠色《ねずみ》。スーツは黒に近い紺色だった。色が違えば印象は変わる。やらないよりはマシという程度の変装だが。

髪型も横分けからオールバックに撫《な》でつけて変えた。胸ポケットの中の度の入ってない黒ぶちの眼鏡をかけた。

変装しながら三両先の磐田の行動を、横目で観察する。磐田は昔ながらの手書きのメモを残すタイプだ。

俺と別れたあと、俺との会話を忘れないうちにメモをするのが普通。だが、緊張感のある横顔で車窓の外を見ていた。

何かやるな？　と、思ったが案の定だった。東十条《ひがしじゅうじょう》駅から電車が出る寸前に飛び降りたのだった。

俺はこれを予測していたので一緒に降り、素早く自動販売機の陰に隠れた。

すぐに、反対方向の大船行の電車が来て、磐田はそれに乗った。

古典的な尾行を撒くテクニックだった。磐田は元・左翼系雑誌の記者だったので、これくらいのことはやると予測は出来ていた。

磐田は、しばらく左右を見渡していたが、やっと安心したのかシートに腰かけスマホでどこかにメールを送っている。

続いて手帳を出して何かを書き込みをしていた。

「野郎……、どこ行こうってんだ？」

京浜東北線に十分ほど乗り、磐田は田端《たばた》駅で降りた。山手線に乗り換え、池袋で降りた。

乗降者数が多い駅では尾行は楽だ。磐田と俺との間に同方向に歩く人を何人か挟めば容易に気配を消せる。

急な方向転換をすることで尾行者をあぶり出す手法はあるが、これには訓練が必要で磐田はそこまでの技術は持っていないと思われた。

磐田は『東口（北）』という、やや混乱を招く出口に向かう。

普段運動はしているのか、軽やかな足取りで階段を上がっていった。

線路沿いの道を歩く。人通りはそこそこあるが、駅構内よりは密度が低いので、俺は彼我の距離を大きくとった。

磐田の生活圏に池袋は入っていない。雇われている経済紙がある千代田区の神保町《じんぼうちょう》と自宅がある江戸川区平井を往復するだけだ。外食も平井か神保町、乗換駅の錦糸町《きんしちょう》で済ますことが多いと言っていた。

手帳を確認し、スマホで地図を見ているらしい。これだけで、馴染《なじ》みのない街なのだということがわかる。

位置情報を確認し、周囲を見渡し、首を傾《かし》げている。

人は通り過ぎる。何もないところで立ち止まっているのは目立つ行動だ。

俺は清涼飲料水の自販機の陰から、磐田を観察していた。足早に歩く人々の中で止まっているのは俺と磐田と、あと一人いた。


その男は、電信柱に寄り掛かってポケットから煙草《たばこ》を出して吸っていた。路上喫煙で足を止めているという態《てい》だ。容貌からして日本人ではない。中東系の顔立ちだった。

彼のたたずまいに緊張感があるのが気になった。インバウンド政策のせいで外国人が白昼堂々と麻薬取引をするほど日本は治安が悪くなっており、あの男もその一人かと思ったが、どうも違和感を覚えた。

肩越しに、チラチラと迷子の磐田を見ており、懐からスマホを出して、磐田と画像を見比べたりしている。

誰かを待ち伏せしていて、そこに引っかかった構図。俺にはそう見えた。

磐田が、住所の標識を確認し、雑居ビルに入ってゆく。

俺は磐田から中東系の男にターゲットを変えた。なるべく拡大して男の顔写真を撮る。

そして、俺の仕事場に電話をかけた。

「おう、六志か。今日はめずらしく外回りなんだな？」

電話に出たのは課長代理の長尾武明《ながおたけあき》警部だった。俺と同じく、事務所内にいることが多い人物の一人だ。他の刑事は出勤と同時に外出してしまう。

「長尾さん、今から顔写真を送ります。顔認証をかけるよう、指示していただけますか？」

「何か嗅ぎつけたんだな。よし、お前の分析班に回しておく。多久《たく》に渡せばいいか？」

「それでいいです」

「昨夜は爆弾事件を見つけたんだったな？　その関連か？」

「わかりません。それを確かめたいのです」

少しの沈黙があった。

「あの案件絡みだったら、捜査から外れてもらうぞ」

言いにくそうに、長尾が言う。

「爆弾は、本当に偶然です。連絡がとれなくなった友人を心配した知り合いが、俺に助けを求めてきたのです」

また、沈黙が流れる。長尾はいかつい顔つきの男だが、困惑すると皺が寄ってパグみたいな顔になる。俺はそれを想像して笑いそうになった。

「まぁいい。信じるよ」

「あの案件絡みだったら、報告して、抜けますよ」

通話を終える。明智という共通の知人を介して初対面の磐田と合流したのだが、話がややこしくなるのと明智の存在を知られたくないので嘘をついた。

長尾が「あの案件」と呼ぶ事案と関係があるかもしれないと首を突っ込んだので、偶然も嘘だ。

通話しながら、胡乱《うろん》な男を観察していたが、男との距離を詰める。男は自分が観察されているとは露とも思っておらず、磐田が入っていった雑居ビルの方に集中しているからだ。

男は落ち着きがない。せわしなく吸う煙草は不安感の表れだ。時折、内懐に手を這《は》わすのが気に入らない。何かで武装しているかもしれなかった。

雑居ビルから磐田が出てきた。

男は電信柱の陰から歩み出る。浅黒い肌に汗が光っていた。今は肌寒いほどなのに。

男がジャケットの裾をはねる。右手が内懐に入った。風が吹く。男の体臭に混じって俺の鼻に届いたのは、ガンオイルの臭いだった。

「磐田！　伏せろ」

と叫んで、俺はショルダーホルスターから9ミリ拳銃を抜いた。磐田も男も驚いたようだったが、磐田は一瞬で地面に伏せた。男は肩越しに俺の方を睨みつけてきたが、磐田の方にリボルバー拳銃を向ける。

警告射撃などしなかった。射線上に通行人がいたが、迷わず発砲する。

二度9ミリ拳銃が跳ねた。ダブルタップという軍隊式の射撃方法だ。俺は銃の研修はアメリカで受けた。旧・外事三課は中東の武装ゲリラ相手なので、日本の警察式の射撃術では対抗できない。なので、最も中東武装ゲリラと戦った経験があるアメリカ陸軍の指導を受ける。

他の外事課はどうやっているのか知らないが、少なくとも『分析班』は全員アメリカで研修を受けた。

男は不可視の拳で背中を殴られたようによろめく。ジャケットに爆《は》ぜたような穴が二つ開いていて、みるみる血が広がってゆく。

震える手で磐田に向けて拳銃を構えようとしたが、腕が上がらずバンと一発だけ発砲された銃弾は、アスファルトの地面で跳弾して虚空に消えた。

俺はうつ伏せに倒れた男を両手保持の9ミリ拳銃でポイントしつつ、手首を踏みつけて拳銃を蹴り飛ばした後、脚で体を仰向《あおむ》けにさせる。拳銃はポイントしたままだ。

俺の銃弾は男の肺を貫いて盲管銃創になっていたらしく、動脈血らしき鮮血を口から溢《あふ》れさせていた。呼吸をしても酸素が入ってこない状態だ。

自分の血で溺れているようなもの。苦しい死に方の一つだった。

「誰に雇われた？　なぜ磐田を狙う？」

あまり時間が残されていないようなので、簡潔に訊問する。アラビア語とトルコ語の二ヵ国語を使った。どうせ死ぬので救命処置などしない。

男は気管に血が詰まって言葉がしゃべれないので、有名な武装テロ組織の名前を挙げ、頷かせることで尋問したのだが、一度大きく咽《む》せた後に死んでしまった。何も引き出せなかった。

男の体から地面にじわじわと血が広がる。それを踏まないように気を付けながら、手袋をして男の懐を探る。常に持ち歩いているジップロックの袋に、財布とスマホを入れてポケットに納めた。

よろめきながら、磐田が歩いてくる。

怒っているような、泣いているような、何とも言えない表情だった。

スマホをタップする。部下の多久の番号だった。分析に集中している時に電話が鳴ると機嫌が悪くなるので、めったにコールしないが今回は緊急事態だ。

「六志班長？　仕事割り込ませましたね？　ボクはペースを乱されるのが嫌いですって、常々言っていますよね！」

「すまんすまん。で、内密に頼みたいことがある。一人テロリストを殺した。所轄にも長尾課長代理にも知られたくない。隠蔽屋を呼んでくれ」

「またですか？　はいはいわかりました」

俺の返事を待たずに多久が電話を切る。かなり怒っている。

「私を尾行していたんですね」

俺を掬《すく》い上げるように睨みながら、磐田が言う。

「おかげで助かっただろ？」

スプリングコートを脱いで、死体の上にかける。銃撃戦があっても気がつかないのが日本人だ。こうして血を隠せば酔っ払いが寝ているくらいにしか思わないだろう。

親切にも介抱したり、警察や消防に連絡する者もいない。馬鹿なお花畑の住民であるひ弱な羊は、殺される直前まで危機を感じないものだ。

第三章

1

王子駅で六志警部と別れた。

彼は、顔は怖いが人当たりはいい。物腰も柔らかい。だが、何か「嫌」なのだ。多分、目の奥の怒りが私を居心地悪くさせるのだろう。

杉沢から預かった資料は、早く回収した方がいい。そう判断したのは、鑑識が入る前に、家探しどころか殆どの家具を持ち去られているのを見たため。

杉沢を拉致し、杉沢を訪ねてくる者を殺害する明確な意志に恐怖を感じる。

同時に、闘志が湧いた。六志警部は言葉を濁したが、杉沢は凄惨《せいさん》な拷問を受けた後に殺されるのだと思う。

杉沢の資料は、池袋にある私設の私書箱に隠してある。店名はない。住所のみが書いてあった。胡散臭《うさんくさ》い連中御用達の私書箱で、どうも麻薬の取引にも利用されているらしい。店名がないわけだ。

とにかく、六志と別行動がしたい。そういうことで、彼とは別方向の京浜東北線に乗ることを告げた。

刑事は嘘を見抜く。公安刑事は特に訓練されている。だから急いでいるふりをして六志警部の目を見ずに彼の傍《そば》から離れた。

大宮行の電車に乗る。六志警部に追われているような強迫観念があった。尾行を振り切るテクニックは明智先輩から教わっている。

それを隣駅の東十条駅で行うつもりだった。

ホームに電車が入る。私はドアの脇の手すりにつかまって発車のベルが鳴るのを聞いていた。圧搾空気が放出される音を聞いて、外に飛び出した。背後でドアが閉まる音が聞こえた。

素早く左右を見回す。一緒に飛び降りた者がいれば、それが尾行者なのだが、誰も確認できなかった。

仮に尾行者がいた場合、電車に取り残されたことになる。こんな緊迫感がある取材は久しぶりだったので、心臓が早鐘のようだった。

すぐに反対側に大船行きの電車が来たので乗る。

座って、スマホで明智先輩にメールを送った。

六志警部が現場に戻るのを予測して、早朝から張っていたこと。

予想通り、六志警部が来て、帯同して現場を見せてもらったこと。

杉沢は危ない連中に拉致されており、おそらく助からないこと。

六志警部は何かを隠していて、私から情報を得たがっていること。

中東で使われているセムテックスはアーモンドの臭いがすること。

など、思いついた限りのことを送る。返信はすぐ来た。

『ご苦労だった。これから情報を整理して分析する。くれぐれも気を付けるように』

という簡潔なものだった。少なくとも明智先輩は私の味方だ。それだけで勇気が湧いた。

箇条書きで、杉沢の部屋を見聞した際に感じたことを書いてゆく。

感情の動きも、印象も、得た情報も、全て言語化して書き連ねる。あとでそれを再検証して記事にするのが私の取材スタイルだった。

経済紙でおべんちゃら記事を書いているうちに忘れてしまった技法だが、私の中で蘇《よみがえ》りつつある。

どうしてジャーナリストという道を選んだのか？　それも再確認していた。

ルーツは高校生の頃だ。報道部という校内新聞を発行する部活動に所属していて、私はそこそこ文章を書くのが上手《うま》かったのでライターの役を引き受けた。

だいぶ記事を書くことに馴れてきた頃、持ち込まれたのはイジメに関するニュースだった。

学校側が「いじめなどない」と隠蔽したので、報道部としてはすっぱ抜いてやれという意識だった。

結果、私が書いた記事はもみ消され、イジメを受けていた生徒は自殺という最悪の結果を選んでしまった。報道部は解散。勇気を振り絞ってイジメを告発した生徒を、私は守ることが出来なかった。

この時の強い後悔と怒りが、私のジャーナリストという職業選択の原動力だったはず。

いつの間に、錆びついてしまったのだろう。

ゴシップ記事を書かされ続けながら、スクープを狙っていた杉沢は、私なんかよりずっと命がけのジャーナリストだった。

「私が仇《かたき》を討ってやるからな、杉沢」

杉沢が私に託した池袋の私書箱の鍵は、何をもたらすというのだろう？

池袋駅東口（北）というただでさえわかりにくい池袋駅の混乱を招く出口から地上に出る。

目の前には老舗喫茶店。線路沿いに歩けば、ペンギンのキャラクターで有名な大型量販店がある。

このあたりから、ラブホテルや飲食店や風俗店が混在し始め、街が雑多になってゆく。

杉沢から預かったメモには、このあたりの住所が書かれている。私書箱の看板は出ていないので、住所からその場所を特定しなければならない。

スマホを起動して地図情報を表示してみる。やはり、大まかにしかわからなかった。

雑居ビルの住居表示を頼りに見つけるしかなさそうだ。

目星をつけたエリアの雑居ビルを一棟一棟確認してゆく。郵便配達や物流を支える方々の苦労がわかる気がした。これで不在が多かった場合、かなりストレスが溜《た》まるだろうなと思った。

やっと、小菅《こすげ》という表札を見つける。まるで個人宅に見えるが、これが屋号だった。

死刑囚や刑事被告人や懲役受刑者が収監されるのが東京拘置所。その所在地は東京都葛《かつ》飾《しか》区小菅だ。ブラックジョークか何かなのだろう。

頭髪の左半分を剃《そ》り落とした奇抜な髪型の若者と廊下ですれ違う。独特な甘い臭いと充血した目。多分、大麻常習者だろうなと思った。この、目の充血を誤魔化すには、日本製の目薬がいいという話を聞いたことがあった。

私書箱の間口は、A4サイズの封筒が丁度入る大きさで、深さは二十センチほど。鍵は自前で用意する方式らしく、杉沢は南京錠で私書箱をロックしていた。南京錠の底辺にある鍵穴に、預かっていた鍵を指す。捻《ひね》ると微かな金属音がして開錠されたのがわかった。

中にはUSBメモリが一つだけ入っていた。

私はそれを摑んでスーツのポケットに入れる。ぶるっと震えが背中を走る。このちっぽけなメモリの中身のせいで、杉沢は拉致され、彼の住居には本物の爆弾が仕掛けられたのだ。

煎《い》ったほうじ茶や青臭い雑草のような臭いがあちこちからする、この場所から早く出たかった。麻薬だらけじゃないか。日本の治安はどうなってしまったというのか?

左右から壁が迫ってきているように感じるのは、私が閉所恐怖症ということもあるが、恐怖の感情からだった。息も苦しかった。

のっそりと入ってきた大男が、私の顔を見て同情した顔をする。

「気持ちはわかるが、安全なとこでヤレよ。もう少しの我慢だ」

などと言っている。私の様子は麻薬の禁断症状にみえたのだろう。

「ありがとう」

とだけ言って、急いで階段を下りる。怖くてエレベータになど乗れなかった。麻薬常用者に仲間扱いされたことに、吐き気を感じていた。

よろめくように外に出る。電信柱に寄り掛かって、気息を整える。通り過ぎる若造の路上喫煙のせいで、煙草の臭いがしたが、麻薬の臭いよりマシだ。

電信柱によりかかって、ブツブツ何かを言っている私は、完全に不審者のそれだが、人々は私に目を向けない。都会の無関心というやつだ。

吐きそうになるのを堪《こら》えて、歩き出す。えずいた時に流れた涙で視界がかすんでいた。

「磐田！　伏せろ」

突然聞こえたのは、そんな声だった。

何も考えずに体を前に投げ出す。

「状況判断の瞬発力を鍛えろ」

これは、明智先輩から言われ続けてきたことだ。考えるより先に体が動くようにする。武術の『形』のようなもので、常に頭の中でシミュレーションしていないと発現しない。

私は杉沢の失踪を受けて、川崎市の港湾利権を取材していた頃の感覚が蘇っていた。

発砲音が二回。少し間が空いて、一回。最後の一回は、三メートルほど先の地面に当たり、激怒したスズメバチの羽音をさせて私の頭上を飛び越していった。

2

オートマチック拳銃を手に、うつ伏せに倒れた男を蹴って仰向けにしているのは六志警部だった。

『尾行されていた』

そう気が付くとカッと頭に血が上り、至近距離に銃弾が着弾した恐怖を忘れる。泣きわめきそうだった私の顔は、どんな表情だったのだろうか？

「私を尾行していたんですね」

六志警部を睨みつけながらなじる。返ってきたのは、

「おかげで助かっただろ？」

という人をくったような答えだった。六志は着ていたスプリングコートを地面に倒れている中東系の顔立ちの男の上にかけた。

六志警部は銃撃戦をしても、気持ちが昂《たかぶ》ったりしないらしい。演技ではなく全くのフラットな様子だ。気味が悪かった。

その男がスプリングコートの下でゴボゴボと咽せているのがわかった。

「救命処置しないんですね」

「コイツはもう死んでいるよ。肺の空気が押し出されているだけさ」

道行く人々は、銃撃戦があったのに、それに気がつかない。

道端で人が一人死んでいるのに、一瞥《いちべつ》すらしない。

私は一時期ロサンゼルスに滞在したことがあるが、発砲音がしたら市民は反応する。身を低くして安全姿勢をとる。日本人は、気がつかない。自動車のバックファイアくらいにしか思っていないのだろう。

「隠蔽屋って聞こえましたが、何者ですか？」

私の質問に、六志が片眉を上げる。

「意外と冷静だな。殺されかけたんだぜ」

「生きていますよ。そんなことより、質問に答えてください」

六志警部が、浅く笑った。人を小馬鹿にしたような気に入らない笑みだ。

「記事にしないって約束するなら、少しだけ話してもいい」

「約束します」

六志警部の口調が少し変わってきた。私と彼の距離感が変化してきたということだろうか？　これは吉兆なのか凶兆なのか、判断つきかねるところだ。

「公安……特に外事課には協力者、通称『Ｓ』を抱える傾向がある。この野郎みたいに、街中で拳銃ぶっ放すような馬鹿が外国人犯罪者には多いからな。普通の警察官じゃ対処できないことが、たびたび発生するんだよ」

説明は、これだけだった。後は察しろということか。

私は多く取材をしてきて、警察官ほどではないがある程度の嘘は見抜ける。六志警部からは嘘の臭いがしていた。

四トントラックが我々の脇に止まって、作業着姿の三人の男が降りてきた。特殊清掃の会社の連中らしい。トラックの側面にロゴがあった。

「ご苦労さん。顔認証と指紋も頼むわ」

彼らと顔見知りらしい六志警部が挨拶し、オーダーする。キャップを目深にかぶってマスクをしている男たちの表情はうかがい知れないが、無言のまま頷いただけだった。六志警部は好かれているわけではなさそうだ。

男たちは地面にビニールシートを敷き、その上に死体を蹴り転がす。

ビニールシートで死体を包んで、二人がかりでトラックの荷台にあるプラスチックのケースに乱暴に押し込み、蓋《ふた》をする。

残りの一人は、背中にタンクを背負ってそこから伸びているノズルを地面の血だまりに向けていた。

噴射された液体は血液に触れると泡立っていたので、ただの水ではなさそうだった。

死体収納を終えた二人が、デッキブラシとワイパーを持って荷台から降りてきた。血だまりをデッキブラシで擦り、ワイパーで側溝に血と薬剤の混合物を流す。

この作業は五分ほどであっという間に終わった。男たちは無言のまま運転席と助手席について、走り去ってしまった。

後に残ったのは、微かな刺激臭がする水たまりだけになってしまった。ここで銃撃戦が起き、死体が転がっていたとは思えない。

「人が消えちまう。呆気《あっけ》ないモンだろ？」

路上なのに、六志がポケットから煙草を出して吸う。この界隈《かいわい》は路上喫煙者ばかりなので見過ごしてしまいそうになるが豊島《としま》区の条例違反だ。六志警部は警察官なのに。

「この薬剤の臭いが嫌いでね」

そういえば、六志警部は嗅覚が鋭いと言っていたことを思い出した。杉沢の部屋に仕掛けられた爆弾の臭いで、危険を回避したのだ。

「煙草はいいんですか?」

「煙草はいいんだよ」

そう言いながら、六志警部が数口吸い携帯灰皿をポケットから出して吸殻をそこに入れた。

そして、地面からリボルバー拳銃を拾う。ラッチを押して輪胴をスイングアウトして、真鍮《しんちゅう》色の実包を掌《てのひら》に落とす。

「サタデーナイトスペシャルかと思ったが、コルト・ディテクティブだった。バレルの下のエジェクターロッドに覆いがついているから、一九九七年以降の生産のバージョンだな。相手は武器の供給がしっかりしていて、金回りもよさそうだ」

粗悪な模造拳銃を指すサタデーナイトスペシャルは分かったが、あとは何を言っているのか私には理解できなかった。

「それ、どうするんですか?」

「捨てる」

六志警部がポケットから折り畳まれたトートバッグを出して、そこに拳銃と弾を入れた。

それを下げてぶらぶらと歩き始めた。

「それより、お前はどうするんだ？　今回は偶然守れたが、次回も上手くいくとは限らんよ」

明らかな脅しだった。恐怖や不安感につけこむのは、自分に依存させる手口なのだろう。六志警部の分析班は『S』のスカウトも兼ねていたはず。

「どうですかね。今回は杉沢のPCの検索履歴から、データの隠し場所を類推しただけかもしれませんよ」

「利用者の中から、あの野郎はお前だけを標的にしたぜ。面が割れているんじゃないか？」

これも脅しだった。私はあの場所で明らかに浮いた存在だった。

あの男は疑わしい者は撃つ気でいたのかもしれない。杉沢の資料を持っていればラッキー。もし間違っても、日本人が一人死ぬだけに過ぎない。実銃を所持しているような外国人犯罪者など、その程度の認識だ。

「私が犯人で、顔を知っているなら、ここをうろうろしている段階で、銃を突き付けて私を書箱まで連れて行きますけどね。確証が持てなかったから、出てくるのを待っていたんでしょょ」

六志警部が鼻を鳴らして、

「ご立派」

とだけ言った。一本とってやった気になったが、不安なのも事実だった。街中で拳銃を抜くような連中だ。

「私は、埼玉県庁の職員失踪事件を調べるために、県庁の資料室に行きます。杉沢が調べていた案件に近いと思っています。東京に戻ってきたら、お互い資料を突き合わせませんか？」

六志警部は眉間に皺をよせて、拒否のボディランゲージをした。彼は、一方的に私の情報を吸い上げたいだけで、共有したいとは思っていない。

「まぁ、いいだろう。ぶん殴ってお前が握っている情報を奪ってもいいが、俺は善良な市民には優しいからな。付き合ってやるよ」

もったいぶって心理的な貸しを作るのも、典型的な手口だ。公安なんかに恩を着ない私には通用しないが。

池袋駅から田端駅に戻る。そこで大宮行の京浜東北線に再び乗った。

「県庁で何を調べるんだ？」

シートに並んで腰かけ、六志警部は欠伸《あくび》をかみ殺したような声で私に質問してきた。

「失踪した職員が、中止させようとしていたイベントの詳細を調べるつもりです。県の公式HPからはアーカイブが消されていましたが、県の広報の現物がバックナンバーとして残っているはずです」

「それが、杉沢が調べていたウズガラーヤ関連だと？」

「ええ、そう踏んでいます。杉沢はトルコ共和国の歌手のコンサートに偽装したテロ組織の資金集めだと言っていました」

「それを勘ぐった職員が、なぜか失踪した……と？」

「そうです。なぜか、このコンサート関連の投稿や宣伝が悉《ことごと》く消されていて、杉沢はそれを疑問に思ったらしいです」

3

日曜日でも県庁の資料室は市民の為に使用可能になっていて、名前と電話番号を記入して資料室に入った。当然だが、六志警部は田中浩平《たなかこうへい》とかいう偽名で電話番号も多分適当な番号だ。

県発行の広報は整理されてキャビネットの中にあった。

埼玉県公式HPでは欠番になっている昨年の十月号は、芸術の秋特集で、例のトルコ人歌手のチャリティコンサートの紹介が書かれてあった。

バックナンバーは持ち出し禁止なので、当該部分をコピーする。

「この、アダージョって芸名の歌手な、マルクス主義を標榜《ひょうぼう》する某テロ組織の広告塔で有名だぞ。埼玉県は、県の施設を貸しちまったのか？」

「そうみたいですね。これに待ったをかけたのが、失踪した県職員です。調べているうちに地雷を踏んでしまったのでしょう」

「なるほどね」

必要な資料をコピーしたので、浦和《うらわ》駅に向かう。また京浜東北線に乗って都内に戻る予定だ。

「次はどこに行く？」

六志警部の質問に、私は久我道夫という行政書士の事務所に向かうことを告げた。事務所は秋葉原駅近くにある合同事務所で、簡単な衝立《ついたて》で仕切っただけで、いくつもの行政書士がずらっと十人ほど並んでいるという形式らしい。

士業は一人親方が多いので、共同で大きなフロアを借りることで経費を抑えているのだろう。

京浜東北線で秋葉原駅に向かう。電車内でコピーしたバックナンバーに書かれている女性歌手アダージョを招聘した『日本トルコ文化交流協会』の連絡先と所在地を手帳に書き写す。

「この団体、知っていますか？」

「うん、まぁな、アレだ」

私の問いに、六志が言葉を濁した。知っているということは、公安監視対象の団体というわけか。

「書き写しましたので、コピーをどうぞ」

バックナンバーの写しを六志警部に渡す。彼は礼を言ってそれを折り畳んで内ポケットに入れた。

その時、チラリと革のショルダーホルスターが見え、銃撃を思い出して吐き気がした。

その後、会話することも無く並んで座ったまま秋葉原駅に向かう。

車内は居眠りしている者が多い。あとはスマホを弄《いじ》っている者くらいか。平和そのものの光景だ。わずか数時間前に白昼堂々と銃撃戦があり、人が一人死んで、何者かによってどこかに持ち去られているなど、自分でも信じられない。

浦和から秋葉原までは乗り換えなしで三十分ほど。

秋葉原駅の電気街改札から、山手線沿いに御徒町《おかちまち》方面に向かって歩く。秋葉原行政書士合同事務所には五分ほどで到着した。

一階は喫茶店と会議室になっていて、階段で二階に上がるとそこが行政書士の事務所だった。

横幅百八十センチ幅の机が窓口のようになっていて、それが五本横並びしている。簡素な衝立と灰色のスチール製のロッカーで仕切られた空間が、一店舗ということらしい。部屋を貫いて広い通り道になっていて、通り道を挟んで左右に五店舗ずつ並んでいる。なんだか、縁日の露店みたいだった。

久我道夫の店は、入り口から見て左列の一番奥だと座席表に書いてある。

机を挟んで何組かが打ち合わせをしていて、NPO法人の規程《きてい》の届け出らしかった。休眠法人が、反社組織のマネーロンダリングの温床になっているということで、公益法人制度改革が行われた。

同時にNPO法人の設立のハードルが下げられたが、今度はNPO法人が不正な運用で世間を騒がすようになってしまっていた。もう日本は性善説が通用しなくなっているのかもしれない。

久我行政書士事務所は、久我一人で切り盛りしているらしかった。典型的な一人親方の事務所だ。

「久我さんですか？」

何か書類を書きこんでいた中年男が、目を上げる。一瞬表情に走ったのは『怯え』だった。

六志警部の目が僅かに細まる。警察官は表情を読むプロで、それは特殊能力でもなんでもない。経験の積み重ねだ。

「遠藤さんの紹介で、お尋ねしました。私はシングルマザー救済の活動をしております田中《たなか》と申します。電話でアポイントメントを取った方が良かったんですが、たまたま近くを通りかかったものですから」

六志警部がすらすらと嘘をつく。遠藤という名は久我行政書士事務所の実績紹介に載っていた商社の名前だ。創業者の名字が屋号になっている。

「ああ、遠藤さんの。どうぞお掛けください」

この合同事務所は通路側に客、机を挟んで反対側に行政書士が座る形式だ。

「この度、NPO法人を設立する予定なのですが、定款《ていかん》や規程の作り方がよくわからず途方に暮れておりましたところ、遠藤さんに久我さんをお勧め頂きました」

また、しれっと嘘を言う。あまりにも堂々としているので、嘘だと知っている私でさえ信じてしまいそうなほどだった。

「申し訳ありません。只今案件が重なっておりまして、新規の仕事をお断りしている状況なのです」

済まなそうな顔で久我が頭を下げる。面談用の机の後ろに、作業用の机が置いてあるのだが、そこは書類が山積みになっていた。

それに久我は眼の下に隈《くま》が出来ていて、顔色も悪い。ブラック企業に勤める社畜を連想させた。

「そうでしたか。アポイントをとらなかったうえ、貴重なお時間をとらせてしまって、申し訳ないです。別の方を探します」

「ここには、私以外に優秀な行政書士がいます。このQRコードで全員のHPにアクセスできますので、ぜひ」

久我が愛想笑いを浮かべて名刺を差し出す。六志警部は名刺入れから一枚取り出して久我と交換した。

久我が本当に秋葉原に勤務しているのか、どういう人物なのか、確認できたので退散することにした。

道沿いにメイド服の若い女性がずらっと並んでチラシを配っている異様な風景の中、六志警部と並んで歩く。メイド服の客引きは、何を察知したのか、六志警部には声をかけない。演技をしていない時の彼は怖い。

「田中って誰ですか？」

「田中浩平。実在した人物だよ。シングルマザー関連のＮＰＯ法人を設立しようとしていたのも実話さ。ただし、コイツは元ヤクザで相談に来た女性にシャブを打ってレイプしていたクズだよ」

「実在した……って、何ですか？」

「薬物検査を逃れるために、行方をくらませ、サウナに通ってヤクを体から抜こうとしたんだな」

「で、どうなったんです」

「心臓が負担に耐え切れず死んだよ。行旅死亡人《こうりょ》として処理された。事件はこのままお宮入りだな。何せ犯人はもういないんだ」

「警察はそれでいいんですか？」

「裁判になれば、レイプされた女性も証言台に立つことになる。今はリモート参加も認められているが、わざわざ追体験させることもあるまい。子供のためにレイプから立ち直ろうと皆必死なんだ」

私は言葉が出なかった。レイプされた女性に取材に行って、センセーショナルな記事を書くのが、私のような底辺ジャーナリストの仕事だった。

恣意《しい》をもって事実を捻《ね》じ曲げることすらする。特に私が所属していた左翼メディアはそうだ。

正義とは何か？　六志警部を見ていると、それが揺らぐ。

少なくとも、詐欺まがいの提灯記事を書いている私は正義ではない。ゴシップ漁りの杉沢も正義ではない。だが、杉沢は悪を嗅ぎつけ、命がけで白日のもとに曝《さら》そうとしていた。

これが、正義ではないのか？

既に夕刻になっていた。外国人観光客とマニアが混在して行き交う秋葉原駅前のビアホールに入った。情報交換の時間だった。杉沢が残したデータはいったい何なのか？

ノートPCを立ち上げて、USBメモリの内容をコピーする。画像データも多かったので、けっこう重いデータだった。

コピー終了まで五分以上かかった。

そのうえで、USBメモリの現物を六志警部に渡す。

ビールと適当なつまみを頼み、並んで私のノートPCの画面を見る。

それは、名簿と望遠で撮影した色んな人物の写真だった。

「政治家、行政の首長、ヤードの隠し撮り、警察官僚、ヤードに出入りするトラックや車のナンバーもとらえているな」

六志警部がつぶやく。ヤードとは工事現場を囲ったもので、資材や廃材の一時保管場所になったりする場所のことを示す。

「埼玉県河辺《かわべ》市だな。行政関係者のリストは全部河辺市の職員だ」

「杉沢は、河辺市を調べていた……」

そこで、杉沢は拉致されなければならないほどの『何か』を見つけたことになる。この資料の中にそれがあるのだ。

「用心したほうがいい。平井の住居は張られている可能性があるぞ。おそらく杉沢のPCは解析されている。お前の名前もあるだろう」

これも脅しかと思ったが、今度は本当に心配しているようだ。河辺市の名前が出たときから、六志警部の気配が変わった。

「念のため、泪橋《なみだばし》あたりに逃れます。ノートPC一台あれば、なんとか仕事できますから」

川崎市の港湾ヤクザの取材をしていた頃は、『山谷《さんや》』と呼ばれる日雇い労働者用の安宿が密集している一帯に隠れ住んでいたことがある。

泪橋は戦後のこの一帯を舞台にしたボクシング漫画にちなみ、明智先輩や杉沢と話すときの隠語となっていた。

「あのあたりなら、安全か。土地勘はあるんだな？」

「二ヵ月近く潜伏したことがあります」

学生運動が華やかな頃、左翼活動家が公安に追われて逃げ込むのは山谷か、新宿のゴールデン街だった。私は当時活動家だった人物に、逃げ方を教わっていた。

「宿が決まったら、この番号に連絡してくれ。防諜処理した俺のスマホの番号だ。短縮には入れるな。コールした後は、履歴を消せ」

まるでスパイ映画みたいだったが、よく考えたら公安はスパイみたいなものだ。間違っていない。

「わかりました。宿で資料を精査したいです」

「俺は、本庁に戻ったあと、目黒の公安機動捜査隊に寄る。何かあったら、電話しろ」

「何かって何ですか？」

「お前はもう、ある領域に足を踏み入れちまった。相手をナメると死ぬぞって言ってるんだ」

「わかっています。気を付けますよ」

六志警部が笑う。冷笑でも作り物でもない笑みは出会って初めて見たかもしれない。

「案外、度胸が据わっているな。見誤っていたよ」

第四章

1

秋葉原駅で磐田と別れた。彼は山谷に潜伏するという。山谷は、南千住に近い明治通り沿いにある日雇い労働者向けの安宿街だったエリアだ。今は外国人バックパッカーに人気のエリアになっている。

公安のセーフハウスを提供しようかと思ったが、自衛できるならそうしてもらった方がいい。

部外者に貸したセーフハウスは廃棄しなければならないからだ。人員を削られた外事四課には安全な隠れ家は貴重だった。

まずは桜田門駅から警視庁に向かう。警視庁は日本一の規模を誇る地方警察だ。警察庁と勘違いする者が多いが、あっちは全国の警察官の管理と指導が役割。最前線に出て犯罪者と戦うのは埼玉県警や大阪府警や北海道警などの地方警察である。

　警視庁だけは特別で、公安部が存在する。普通は警備部の中の一セクションに公安が存在する。

　夜中ということもあり、人の気配はない……と思ったが、分析班で一人残業をしている者がいた。多久彰人《たくあきひと》警部補。私の直属の部下だ。

「もう帰れ。徹夜しても効率は上がらんぞ」

「六志班長ぉ。誰のせいで残業になったと思っているんですか？」

「……悪かったよ」

　謝罪して、彼の机に爪の引《ひ》っ掻《か》き傷のイラストのエナジードリンクを置く。

　多久はカフェイン中毒で、一日に数本これを飲む。俺も飲んでみたが、三口でギブアップした。

「これこれ」

　多久が手揉《ても》みして、缶のタブを引き、一気に飲み干す。見ているだけで胸やけがしそうだ。

「班長が追っているウズガラーヤで確定ですか？」

げっぷをしながら多久が言う。

「確定だな。やっと摑《つか》んだ尻尾だ。離したくない」

「拉致された杉沢という男、何を踏んだんですかね？」

「我々の目からも逃れるほど大人しくしていた連中だ。それが、凶暴な本性をむき出しにするほどの何かが、これに隠れている」

杉沢が磐田に託したUSBメモリを多久に渡す。多久が嫌そうに眉間に皺《しわ》を寄せた。そういう態度が生意気だということで、上司や同僚に嫌われがちな男だが、俺との相性はいい。

「中身を見て、感想を聞かせてくれ」

俺が気付かないようなことを、多久は気付くことが出来る。公安刑事らしからぬ視点が彼にはあった。

「ＯＫボス。おもちゃ箱ひっくり返しますか」

俺は、不在中に溜《た》まった決裁書などの書類仕事を黙々とこなした。

長尾課長代理の『未決』箱にそれらを入れてゆく。多久を見たが、半笑いでＰＣのモニタを見ていて、これは集中している証拠だった。

俺のPCにメールの着信があった。池袋で射殺した人物の顔認証と指紋の照合の結果だった。

『名前：ブルワ・ショーシュ　年齢：二十四歳　国籍：トルコ共和国　犯罪歴：多数　特記事項：二〇二三年　難民申請が却下され国外退去』

というものだった。入国管理法が改正され、難民申請は原則二回までとなり、三回目以降は『相当の理由』がなければ認められないというものだ。

退去するまでの間、施設に収容という原則があったが、入管庁が認めた『監理人』という支援者のもとで生活が出来ることとなっている。

ブルワはその支援者のもとで、殺人未遂事件を起こし、不起訴処分のうえ強制退去となっていた。つまり、ブルワは日本に存在していないことになる。密入国を手引きした者がいるのだ。

「食い詰めた犯罪者を鉄砲玉に使う。一方で、忠誠心のある戦争のプロを手元で飼う。これが、奴らの手口だ」

「ウズガラーヤのフロントになっているのは、『NPO法人日本イスラム友好協会』でしたっけ？」

「法人手続きは適法。納税も適法。収支報告書は会計士を通して適切に処理されている。

埼玉県と河辺市からの補助金と寄付で運営されている」

「寄付者は全て記録されていて、辿《たど》っても全部シロ。補助金を出している埼玉県にも収支報告書が適切に提出され、全くの無害そのもののNPO法人でしたね」

「難民申請を保留された中東の人の『監理人』をしているが、ブルワの『監理人』はあの団体だった。やっと見つけた亀裂だな。あのNPO法人は臭い」

多久が俺を手招く。何かを見せたいらしい。こうした無礼な態度も多久が嫌われる原因なのだが俺は気にしない。

「今まで、長尾課長代理に隠れてこっそり集めていた資料と、杉沢氏の資料の横断検索をしてみました」

多久がわかりやすくハイライトにした部分を見る。ある国会議員の名前が点滅していた。

「小山田是政《おやまだこれまさ》？　知らんな」

「与党の民自党《みんじ》の衆議院議員。年齢三十八歳の若手。最大派閥の鴻巣会《こうのすかい》所属で役職無し。第二次吾野《あがの》内閣時代に、少子化対策担当大臣。SNSでは、殆ど投稿無し。地盤は山梨県大月市。なんでも小山田信茂の末裔《まつえい》らしいですよ」

「鉄道唱歌《てつどうしょうか》で『主君に叛《そむ》きし奸党』とか謳《うた》われているぞ。政治家としてはマイナスイメージじゃないのか？」

「鉄道唱歌ってなんですか?」

「知らないのか? 『汽笛一声新橋を〜』から始まる歌だよ」

「いや、知らないっす。ボク二十代ですからね」

そうか、鉄道唱歌知らないか。俺は子守りをしてくれていた祖父の膝の上でその歌を聴いていた。

「で、その小山田がどうした?」

「大月市議会議員から、いきなり落下傘候補で都議会議員。ほぼ無名なのにトップ当選。都議の任期途中で、民自党の推薦を受け、東京十八区から国政に移りました。誰が後押ししたんでしょうね?」

「十八区か。公安第一課が喜びそうなネタだな」

「実際、内偵した痕跡があります。結果はシロだったようです。反社とも極左とも接点は見つからなかったみたいですね」

「単なるラッキーボーイという可能性は?」

「可もなく不可もなく目立たないが二十代から政治の世界にいる。世襲議員でもないのに市議会議員も一発当選です。以降はとんとん拍子」

「臭いか」

「臭いですね」

多久は勘がいい。その勘を補完するために証拠を固めてゆくスタイルだった。打者でいえばホームランか三振のどちらかというタイプだ。

「公安第一課第二公安捜査第三係には同期がいますので、明日捜査資料を見せてもらいます」

「第三係長の上村《かみむら》は、同じ研修を受けたことがある。根回ししとくよ」

「助かります」

公安は徹底した秘密主義だ。こうした横のつながりを利用した根回しは必要だった。貸しと借り。これで歯車は動く。

俺は自分のデスクに戻り、残りの書類仕事を続けた。多久もＰＣに向かって何かを入力している。

「チクりませんが、庇《かば》いもしませんよ」

唐突に多久が言う。俺はウズガラーヤ関連の捜査から外されている。そのことを言っているのだろう。

「構わん。自助は最優先だ」

「何があったのか、誰もボクに教えてくれませんし、記録にも残っていません。班長に何があったんですか?」

警視庁公安部外事第四課は、中東テロ組織対策から国際テロ担当に変更になった。規模が縮小された挙句、今まで担当してこなかったテロ事案まで押し付けられた形だ。

国際テロ第一の第一係、第二係。国際テロ第二の第三係、第四係という二セクション四係体制だったが、仕事がオーバーフローしてしまった。

そこで、捜査員の情報の受け皿として、五番目の係『分析班』が新設された。

この『分析班』は本来『係』でワンストップしていた「得た情報の検証」「スカウトする『S』の身上調査」といった扱いが難しい部分を請け負う臨時の部署だった。

ベテランの捜査員が、外事第二課、外事第三課に引き抜かれてしまったので、後進が育つまでの間の指導も兼ねている。班員は俺と多久の他に一名いる。阿仁《あに》という名の班員は、シリア・アラブ共和国で情報収集をしている。

多久が着任した時は既に海外に出ていたので、顔を合わせたことはないはずだった。

成績優秀者が公安に送られてくるが、我々の捜査技法は普通の警察とは異なる。なので二、三年はベテラン捜査官にくっついて様々なことを学ぶ。

俺にも『分析班』立ち上げの頃、そんな新人の捜査官がいた。

2

俺はダイスを振ってその出目が六だったので、机の中からキーホルダーに『6』と書かれた鍵をポケットに入れた。ロッカーからは予備のトートバッグ、折り畳みのスプリングコートを出して、それもポケットに入れる。ガンロッカーから9ミリパラベラム弾を二個取り出して、帳簿を付けた。

「帰るんですか？」

多久がPCのモニタから目を離さずに言う。

「さすがに疲れたので帰るよ。お前も帰れ」

「いやぁ、こんなに面白い玩具《おもちゃ》もらったら、帰れませんよ。明日も外回りになりますか？」

「そうなるな。ウズガラーヤ関連に食いついたからには、長尾課長代理と顔を合わせたくない」

「聞かれたら何と答えます？」

「そのまま言えばいい。調べることがあって外回りです……と。嘘じゃないからな」

「あのおっさん、異様に嘘を見抜きますからね」

俺が外回りになることは、溜まった書類や稟議《りんぎ》書を片付けていたことから推理したのだろう。

多久は勘がよくて優秀だが、公安刑事には見えない。シンと冷えた影みたいなものがないのだ。

俺の部署が『その他』の仕事を押しつけられたとき、多久のような新人と組んだことがある。

俺が迂闊《うかつ》に自分の家に帰ることが出来なくなった原因であり、ウズガラーヤという国に執念を燃やす原因になった人物だ。古里望《こりのぞむ》巡査部長。年齢は多久と同じく二十代だった。

その男は、本庁の刑事部捜査一課から公安への移動を希望して転任してきた男だった。成績優秀で眉目秀麗《びもくしゅうれい》。人あたりも良くて親切。まず猜疑《さいぎ》の目で相手を見ることが習慣となっている公安刑事とは全く逆の雰囲気の男だった。

意欲もあって、日本を国際テロの脅威から守りたいと強く思っていた。正義感がとても強かった。

俺と組むことになり、ベテラン捜査官と組めて古里は喜んでいたが、正直言うとその時俺は鬱陶《うっとう》しいと思っていた。世の中の裏面を見ていると、心が荒む。俺にとってまともな古里は異質なのだ。

だが、意外なことに、古里は公安刑事の適性があった。公安刑事らしくないところが相手の油断を誘うので、いつの間にか相手の懐に入ってしまう。

いわゆる人誑《ひとたら》しの才能があったのだ。『分析班』には重要な才能だ。

俺は『悪い刑事』で、古里は『良い刑事』。こんな使い古された手で、すれっからしの悪党が面白いようにコロッと騙される。

廃刊となった『ユニオン』という、公安監視対象の左翼雑誌の元・ライターである明智清美を見つけ出したのは、古里だった。

彼女は資産家の娘で、エスニック料理の研究家でもあった。料理教室も開いている。

なるほど、中東料理に興味がある人物は自分でも知らないうちにテロ組織に接触している可能性があった。

人脈を掘り進めるのが任務の『分析班』なら、アプローチをかける価値はあるかもしれない。

「ね？　いけそうでしょ？」

俺には無い発想なので褒めた。その時の古里の嬉しそうな顔は今でも記憶に残っている。

どうも今日は古里を思い出してしまう日らしい。月に何度かこういう日があって、眠れなくなる。こういう日はひたすら歩いて体を疲労させ、倒れ込むようにして眠るしかない。

俺は無造作に机の上に置きっぱなしのトートバッグを手に下げた。磐田を銃撃したブルワが所持していた拳銃が入っている。

「所轄に届けないんですか？」

「ブルワ・ショーシュという人物は、この世にもういない。池袋警察署の組織犯罪対策係を煩わせる必要はなかろう」

「適当だなぁ」

「悪党のために貴重な警察の労力を使うこともあるまい」

「これだから、公安は『特高』の後継機関とか言われるんですよ」

多久が言う『特高』とは、明治末期からＧＨＱにより解散させられるまで警察組織内に存在した、左翼テロ摘発を目的とした部署だ。『特別高等警察』を略して『特高』という。

「令和の世に『特高』もくそもあるか。公安は尋問で爪を剝がしたりせんぞ」

「それもそうですね」

「先に帰る。お前も帰れ」

「六志班長ぉ。誰のせいで残業になったと思っているんですか？」

「……悪かったよ」

入室した時と同じ会話をする。二人で笑った。こんな些細《ささい》なことに救われることもある。

桜田門から皇居沿いに歩く。さすがに深夜のこの時間はジョギングをしている者もいない。

歩く。歩きながら正確に記憶を手繰る。「どこで間違えたのか?」俺は何時までもあの日のことを引きずっている。

架空の会社の上司と部下ということで、明智清美の料理教室に通うことになった。

明智は女優かと思えるほどの長身美女で、彼女に近づきたい下心がある男性の生徒もいた。

九割方が若い女性の生徒だが、スケベ心は見抜かれるものなのか、居心地が悪くて足が遠のく男性の生徒が多いらしい。

我々も、最初は敬遠された。だが、古里の『人誑し』によって次第に女性陣は態度を軟化させ、俺の評価も相対的に上がった。

明智が美人なのは認めるが、俺にとっては『S』としてスカウトできるかどうかの調査対象に過ぎず、女性として見ていないのが好感をもたれたらしい。

俺と古里の関係を聞いてくる生徒さんもいて、俺は、

「会社の上司と部下です」

と答えていた。古里はやたらと俺のパーソナルスペースを踏み越えてきて、肘で邪慳《じゃけん》に押しのけると、生徒さんたちから黄色い声が上がった。

「何なんだよ、古里」

「彼女らが求めているものを与えているだけです」

「求めているもの？」

「六志班長、明智さんに興味示さないでしょ？」

「料理を学びに来ているという設定だぞ？　そうするのが当たり前なんじゃないか」

「あれだけの美人を前に、興味示さないのが不自然なんです。無自覚のゲイだと勘ぐられているんですよ。で、僕は六志さんに恋する男」

眩暈《めまい》がして指でこめかみを揉んだ。

「そういうのが一部の女性にウケるんです。あの料理教室はその人口比率が高いようです」

「冗談じゃないぜ」

「内懐に入り込むためです。ちゃんと演じてくださいね」

教室内に漂っていたスパイスの匂いが蘇《よみがえ》る。まさか真剣に料理を学んでいるうちに本当に中東の家庭料理を作るのが趣味になるとは、その時は思っていなかった。

気が付いたら、皇居を抜けて靖国《やすくに》通りに出ていた。靖国神社の近く、九段坂上というT字路だ。神保町方面に向かう。

真面目で寡黙な上司。陽気な部下。俺は無自覚のゲイで、古里は俺に告白できずに悩んでいるゲイ。

そういう設定で、演技を続ける。生徒さんと年齢が近いこともあり、古里は彼女らと授業後に飲みに行くことも多くなった。

俺も誘われたが、断った。それは俺の演じているキャラクターではない。

いつの世も女性は恋の話が好きだ。古里は自分がゲイであることをカミングアウトし、彼女らに恋の悩みを相談する。

そうやって、彼女らとの距離を詰めてゆく。中東料理に興味がある連中だ。中東料理の店や、友好団体や、NPO法人などの情報をいっぱい獲得できた。

中には外事四課が掌握していない団体も含まれていて、それがウズガラーヤだった。変わった連中。そんな評価はされていたが、この時点では脅威とみなされていなかった。

3

閉店し、静まり返ったスポーツ用品店が並ぶ深夜の神保町を歩く。

脚は大分疲れていて、眠気も襲ってきた。秋葉原の近くを通って、岩本町を通り過ぎる。浅草橋を過ぎれば、六番目のセーフハウスがある両国に着く。

隅田川にかかる両国橋を渡る。橋の半ばで欄干に寄り掛かって休憩をした。

ポケットから煙草を取り出して、安物のプラスチックのライターで火をつける。銘柄は『ハイライト』だ。祖父が吸っていたので、なんとなく俺もそれを吸うようになった。

発売開始は一九六〇年。俺が生まれる前から生産されている煙草らしい。当時はおしゃれな煙草だったらしく、新しい物が好きだった祖父らしい選択だ。

古里は非喫煙者だった。酒は飲めるが好きではないらしい。朗らかな好青年は、彼の表向きのペルソナだった。

「実は、インドア派で陰キャなんです」

古里が苦笑しながら俺に告白したことがある。

『陰キャ』とは「陰気なキャラクター」を示す若者言葉らしい。

「休日は外に出ないし、ずっと趣味に没頭しています」

「趣味？　何をして過ごしているんだ？　ゲームか？」

「ゲームはやりません。ジグソーパズルですね」

ジグソーパズルは、複雑であればあるほどいいらしかった。

「パズルね。俺はやらんが、まぁいいんじゃないか？」

「六志班長はもっと他人に興味を持ちましょうよ。世の中捨てたもんじゃないですよ」

そんな会話を思い出す。こんな些細な記憶を呼び覚ましながら、ハイライトを吸った。

隅田川を渡る風に、紫煙がゆらゆらと流れて消えてゆく。

俺は手に下げたままだった、拳銃入りのトートバッグを、橋の上から川に落とした。

黒々とした隅田川の水面に一度だけ白い飛沫《しぶき》があがり、何事もなかったかのように消えた。

人を殺せる鉄の塊は、隅田川の深いヘドロに抱かれて人知れず朽ちてゆくのだろう。

携帯灰皿に吸殻を突っ込んで、再び歩き始める。

両国橋を渡り切った。ここで、京葉道路からそれて、本所方面に向かって川沿いを歩く。

古い住宅街の一角に六番目のセーフハウスがあった。

俺はダイスを振り、ランダムにセーフハウスを泊まり歩いている。毎日宿泊場所を変えるのも、ダイスでランダムにそれを決めるのも、安全のためだ。

俺の首には賞金がかけられていて、殺し屋が狙っている。その原因は、古里との最後の記憶に結びついていた。


古里がゲイをカミングアウトしたのは、女性が多い料理教室で恋愛沙汰を避けるためだった。もちろん演技だ。

何人かは、古里に交際を申し込もうとしていたらしいが、それで諦めたらしい。

俺に恋しているという設定は、彼女らの琴線に触れ、

「応援しているから」

などと励まされまでしたという。

彼女らは成熟した大人だった。大手企業に勤めていたり、美容室やネイルサロンを経営する若き女社長だったりした。

二十人ほどの教室だったが、その中で一人くらい異質なものが混ざることもある。

月島《つきしま》華憐《かれん》は、その異質な者だった。

ＳＮＳなどで「古里とつきあっている」などと発信しはじめたのだ。

顔写真が流布するのは、あまりよくない。肖像権の侵害でもある。

内偵にも支障が出る。

「こういうことはやめてくれないか」

穏やかに古里は頼んだのだが、今考えるとこれが良くなかった。

古里に話しかけてもらったことで自分が特別だと勘違いしてしまったのだ。

月島は古里への執着を深くしていった。

古里がどこに住んでいるのか？　家族構成は？　勤務先は？　あらゆる情報を欲しがった。

男女を問わず、見目麗しい異性をトロフィーのように考える者はいる。つきあったらすぐに飽きてしまうのが特徴だ。目をつけ、落とすまでがゲームで、それ以降は興味ないのだ。

異様な執着をみせるのが、落とせなかったとき。月島は典型的だった。

古里は困惑したが、事を荒立てたくなくて穏やかに対応したが、かなりのストレスだったらしい。

尾行などもされたようだが、訓練を受けていたので撒くことは簡単だった。上手くいかなくて焦れた月島は、ストーカー行為をやめた。

「よかったな」

「全くです」

などと俺たちは笑い合った。相手は素人だ。

そこに油断があった。

月島は自分で古里を尾行するのを諦め、調査会社を雇った。その調査会社は評判が悪いが、そこそこ優秀な男だった。名前を鹿倉四郎《かくらしろう》という。

元は、江戸川区にある小松川警察署の刑事課第三係で、スリやコソ泥を検挙するのが上手いベテラン刑事だった。

魔が差したのか、スリの女性をレイプし懲戒免職。以降、調査会社を立ち上げ、浮気調査などをやっていた。

この鹿倉という男、浮気調査で得た個人情報を元に強請《ゆすり》を仕掛けるという噂があり、相手が女性の場合は肉体関係を迫る最低野郎だが、尾行に関しては古里より優秀だった。

古里の住所、本名、外事四課の刑事であることを探り当ててしまった。

鹿倉は、月島にデータを渡さなかった。公安刑事の個人情報など、反社会的な組織にとって、喉から手が出るほどの情報だ。

『調査継続中』という適当な報告書を出して月島から報酬を受けつつ、鹿倉は古里の追跡に集中した。

同時にダークウェブに広告を打つ。オークションではすぐに高値がつき、古里経由で俺の追跡が始まったころには、四ケタ万円の値がついてしまっていた。

一戸建ての家を買い取った六番目のセーフハウスは、築四十年のボロ家だった。

安っぽいベニヤのドアの鍵を開ける。

見た目に反してズシリと重いのは、鋼板が仕込まれているからだ。ドア越しに撃たれるのを避けるためで、一階にある書斎の壁にも仕込まれていた。書斎の窓だけは、防弾ガラスになっている。

この六番目のセーフハウスを使う者は、一冊も本が無い書棚に囲まれたガランとした書斎で寝泊まりする。

キャンプ用の折り畳みベッドが唯一の家具だった。

寝袋を敷布代わりにして体を横たえた。汗が臭った。着替えが必要だなと思いながら、天井をぼんやりと見る。古里の記憶を辿るとき、食欲はわかない。食べても吐いてしまう。コーヒーもダメだった。夜遅くまで古里と二人で報告書を書いているとき、自動販売機の脇の喫煙所で缶コーヒーを飲んで雑談していたからだ。

香りは記憶と結びつく。俺にとって、スパイスの香りとコーヒーの香りは、古里の記憶と結びついている。

「許してくれ、古里」

椅子に縛られ、凄惨《せいさん》な拷問の痕跡がある古里の最後の姿を思い出す。

「ごめんなさい」

それが古里の最後の言葉だった。

料理教室経由で、今までノーチェックだった組織や団体を洗い出すことができた。左翼系雑誌の記者出身の明智は、俺たちに協力的で、『S』として取り込めると踏んで正体を明かしてもさほど驚かなかった。

そもそも、左翼とブルジョワは相いれない存在で、裕福な家庭に生まれ育った明智は思想的には左翼に染まっていなかった。

明智については、何度も裏をとった。そのうえで、協力を申し出ている。

彼女はなんとなく、俺と古里の正体に気付いていたようで、

「やっぱりね」

と、笑った。そして、快く協力を申し出てくれた。

新しい『S』のスカウトという任務が終わったので、撤収の準備に入る。かなりの収穫だった。その時俺は、順調な時ほど注意しろという鉄則を忘れてしまっていた。

古里が行方不明になったのだ。

嫌な予感がした。

俺に連絡もなしに行方をくらますような男ではない。

真っ先に俺が向かったのは、月島の家だった。

彼女は古里に執着していた。何か手掛かりがあるかもしれないという、勘だった。

台東区の賃貸住宅が月島の住居だった。一流の大手企業に勤務している……という設定のわりに、古ぼけたボロアパートで、裕福には見えない。

料理教室では、それなりの装いと立ち居振る舞いだったのだが、だいぶ背伸びをしていたようだ。

古里と恋仲だといいはじめたのは、その背伸びの一環だったのかもしれない。

キーピックを使って室内に入る。若い女性の部屋にしてはシンプルなものだった。

書類を漁る。鹿倉の調査会社の請求書を見つけて、俺は彼女が貯金をはたいて探偵を雇ったことを知った。

警察ＯＢの鹿倉の評判は知っている。優秀だが金に汚く女にだらしないという評判だ。

鹿倉の調査報告では、小出しにどうでもいい情報を月島に流している。

俺はその報告書に嘘を感じた。住所を特定していないと分からない情報があるにもかかわらず、小出しの情報に含まれている……などだ。

報告書や盗撮写真などは、きれいにスクラップされ、整理分類されているのが几帳面で気色悪い。マスキングテープで飾ったりしていて鳥肌が立った。

鹿倉が月島に情報を渡さないのは、金を巻き上げるほか、情報をどこかに売るつもりなのがわかった。

外事四課に戻って、中東系のダークウェブを検索する。公安外事四課の刑事の住所が売買された形跡があるのを探り当てた。

出品者は鹿倉で間違いないだろう。落札したのはウズガラーヤ関係者だった。

外事四課にとって優先順位が低いウズガラーヤだが、明智の料理教室に出入りする『中東に興味がある社交性の高い女性たち』の交友関係や、友好を掲げるＮＰＯ法人に多くウズガラーヤ関係が出てきたので、警戒を数段引き上げた直後のことだった。

偽名を使って鹿倉に連絡をとる。返信はなかった。荒川に鹿倉の死体が浮かんだことを知ったのは後日だった。

とろりと、眠気が襲ってきた。今回の記憶を手繰る脳内の旅は終わりになったらしい。疲れ切った俺の心身が、これ以上記憶を進めるのを拒否したのかもしれない。救えなかった命。俺のミスだった。いつまでも詳細な記憶を辿るのは、俺に科せられた罰なのかもしれない。

何度も何度も、古里が殺される場面を再生させられる。これは、ウズガラーヤを叩き潰さなければ、終わることはない。

「出来ることはなんでもやるさ、古里。仇《かたき》をとってやる」

虚空に呟《つぶや》きため息をついた。そして、ゆらゆらと深い眠りの底に落ちてゆく。

俺は夢を見ない。それは俺にとって救いだった。どうせ悪夢しか見ないのだから。

第五章

1

私は山谷の安いビジネスホテル街にいた。

安ホテルの外壁に『カラーテレビ・エアコン完備・冷蔵庫あります』と手書きのポスターがある『あわや』というホテルに投宿する。

手回り品は、ノートPCとポケットティッシュだけ。

家に帰らなかったので、まさに着の身着のままだった。下着類は近所のコンビニエンスストアで買い求めた。近くにある都電荒川線の始発駅である三ノ輪《みのわ》駅周辺には、『ジョイフル三の輪』という有名な商店街があり、衣類でも食料でもなんでも揃う。深夜までやっている銭湯まであるので、しばらく山谷で暮らすには困らない。

山谷に逃げ込むのは、港湾利権関係の取材の帰りにJR川崎駅のホームで何者かに背中を押されて線路に転落しかけた時以来だった。

「ホームでは、出来るだけ先頭に並ぶな。やむを得ない時は、両足を揃えて立つな」

と、教えてくれたのは明智先輩だった。肩幅分に左右に足を広げ、靴一つ分前後に足を広げる。

こうしておくと、突き飛ばされたときに踏ん張ることが出来るし、力を受け流すことも出来る。私は明智先輩の教えのおかげで命を救われていた。

コンセントに電源を差し込んでノートPCを立ち上げ、鞄に放り込みっぱなしのUSBメモリに、杉沢の情報のバックアップをとる。

ICレコーダーを充電し、スマホも充電する。

充電が終わったスマホで、まずやったのは部屋の撮影だ。これをやっておくと、盗聴器などを仕掛けられたときに、発見することが出来る。なかったはずの電源タップがあったりしたら、それは盗聴器だ。

次に明智先輩に電話をかける。彼女は三回のコールで電話に出た。

「磐田か。無事なんだな?」

「なんとか。ガブリエルちゃんにも、私の無事を伝えてください」

が昨年亡くなった。

ガブリエルは、明智先輩が飼っていたコリアンラットスネークで、二十年の長寿だった

ユニオン誌時代、電話の会話の中にガブリエルという文言が入ったら、暗号で話せという符牒《ふちょう》だ。

ユニオン誌は、一部のライターが極左暴力集団とつながりがあったため、公安からの盗聴があった。その対策で、グループごとに取り決めがあったのだ。それを数年ぶりに使う。

「出張先の宿が決まりました。熱海の大野屋です」

「そうか、温泉でゆっくりすればいいよ」

「データが大容量なので、圧縮データでお送りします。パスワードは……」

パスワードは、桁数によってプラスするかマイナスするかが決まっており、これは文章の文字を並べ直すことによって暗号化するレールフェンス暗号の応用だった。『熱海の大野屋』は『あわや』の置き換えである。

「わかった、あとで連絡する。くれぐれも安全にな」

「はい、わかっています」

ユーザー登録不要で、３００ギガまでのデータを無料で送れるサービスを利用する。

明智先輩がデータを読み込んでいる間、私は充電が終わったスマホと財布と着替えの下

着類を持って外出した。

昔からあるスーパー『シマダヤ』でタオルを二本、体を洗うためのナイロンタオル、シャンプーとボディソープを兼ねる液体石鹸《せっけん》を買った。

これらをトートバッグに詰め、明治通り沿いに三ノ輪駅まで歩く。

都電荒川線の踏切を越え、ジョイフル三の輪商店街に入る。ここは都内でも有名な商店街で、都内街歩きのTV番組などでも度々紹介される。

その商店街の真ん中に、『大勝湯《たいしょうゆ》』という銭湯がある。

私が投宿している『あわや』にはコインシャワーしかないので、風呂はここを使うか、今日は休業日だが『三ノ輪改栄湯《かいえいゆ》』を使う。

愛想の欠片《かけら》も無い、昔ながらの番台の婆《ばあ》さんから、五千円を払って十枚綴《つづ》りの入浴チケットを買う。これは、東京都浴場組合に所属している銭湯なら利用できる代物だった。滞在が長くなりそうなので、チケットを買った方が金を節約できる。

「買ったチケットの一枚を使います」

私がそう言うと、婆さんは輪ゴムで束ねたチケットから無言で一枚を抜き出し、残り九枚を差し出してくる。目の前で枚数を数えて確かに十枚であることを証明する気はないみたいだった。

私は礼を言って脱衣所に入る。広い脱衣所はかつてこの周辺が日雇い労働者で溢れていた頃の名残だろうか？

浴場も広い。年季の入った溶岩らしき岩を湯が伝う仕組みの風呂があり、湯の花を溶かした浴槽、塩を溶かした浴槽、水風呂など、湯の種類は多彩だが、切なくなるほど設備が古い。

銭湯を出て、ジョイフル三の輪商店街の肉屋で店頭売りの焼き鳥を買って帰る。コンビニエンスストアでビールを買い、『あわや』に帰る。

擦り切れて塗料の剝げたリノリウムの廊下にスチール製のドアが各フロア六戸ずつ並んでいる。

奇妙なのは、ドアスコープ代わりの小さな窓を塞《ふさ》ぐ鉄扉を廊下側から操作することだ。窃視防止に部屋側には小さなカーテンが張られている。つまり、監視窓として機能していない。

「変わっているよなぁ」

以前、ここに潜伏していた時に、杉沢が差し入れをもってきた事があった。

その時、杉沢はにやにや笑いながら、

「ここ、有名な心霊スポットだぜ」

と私を脅していた。私は幽霊など信じていないうえ、一度もここでそんな不思議な現象に遭遇していない。

おどける杉沢を思い出す。あの男がもうこの世にいないかもしれないなど、今でも信じられない。

何か雑音が欲しくて音量を絞ってTVをつけっぱなしにする。雛壇《ひなだん》芸人が司会の芸人にいじられるくだらない番組をやっていて、それをBGM代わりにして、ビールのタブを開けた。焼き鳥を齧《かじ》りながら、杉沢が私に託した資料を読み込む。

なぜ彼は河辺市職員の履歴を調べようとしたのか？

河辺市長の邑久森信一郎《おくもりしんいちろう》を執拗《しつよう》に調べていたのはなぜか？

小山田是政という政治家の名前が挙がっていたのはなぜか？

名前だけが列記されていて、注釈が空白になっているNPO法人は？

そのNPO法人から浮かび上がってくるウズガラーヤとは何か？

調査を引き継いでくれという杉沢の声が聞こえそうな資料だった。このどこかに人が行方不明になるような危険な謎が隠れている。

浮かんだ疑念を手帳に箇条書きにしておく。これが私の脳内の整理法だった。

「まず、何をすべきか？」

資料の空白を埋めることで、見えてくる何かがあるのかもしれない。

同じ資料を読み込んでいる明智先輩と、六志警部とブレインストーミングすることも必要だ。

気が付いたら深夜をまわっていた。

私はビールと焼き鳥の串をゴミ箱に入れて、ドアの鍵を確認し、全く頑丈さが見えない玩具のようなチェーンロックをかける。

念のため、撮影した室内と今の室内を見比べる。誰かが侵入した形跡はないようだった。まるで強迫観念から生まれた行為みたいだが、私より用心深いはずの杉沢でさえ、行方不明になったのだ。用心しすぎるということはない。

せんべい布団に横たわった。

電気とTVはつけっぱなしにしておいた。芸人がしゃべる番組が、またやっていた。私にとっては見る価値などない番組だが、静かだと眠れない夜だ。

色んなことが起き過ぎた。数メートル離れた場所に着弾したが、銃口を向けられたのだ。思い出すだけで吐き気がする。

明智先輩から連絡はない。彼女は睡眠時間を重視するタイプだった。もう寝ているのだろう。

六志警部からの連絡もない。情報を貰うだけ貰って私を爪《つま》はじきするつもりだろうか？もしそうなら、いかにも公安刑事がやりそうなことだ。

2

私は煌々《こうこう》と明かりが灯《とも》っていても眠れる。

外国人旅行者が増えた影響で、トコジラミの被害が拡大しているが、この虫は明るいと出てこない性質がある。血糞《けっぷん》の痕跡がないので大丈夫だと思ったが、念のためだ。

私が起床したのは明け方の五時。五時間は夢も見ずにぐっすり眠ったことになる。背中に張り付いていた疲労感もとれた。

つけっぱなしだったTVはニュース番組を流していて、私はぼんやりとそれを見ていた。当然だが、池袋での銃撃や、赤羽での失踪事件など報道されてない。

私もジャーナリストのはしくれなので、こういうことも起こりうるとは知っていたものの、実際に体験すると怖くて胴震いが走る。

冷蔵庫からペットボトルのお茶を出して飲む。

この部屋には加湿器がないので、空気がカラカラに乾いていて、喉が紙やすりのようになっていた。それが潤ってゆく。

朝八時を待って、六志警部に電話を入れる。逃げようとしても、許さない。

「おはようございます」

『おはよう』

「本日どこかで杉沢の件、ブレインストーミングしませんか？」

『ん？　ああ、そうだな。いくつか、検討事項がある』

寝ぼけたような声だった。隙を見せないタイプの六志警部にしては珍しい。

それに、あっさりと協力を申し出るのは意外だった。

『確認したいことがあって、それを済ませてからでいいか？』

「もちろん、それで結構です」

私は、六志警部との会話を終えると、ＰＣと手帳を開いて、もう一度杉沢の資料を読み始めた。

時間を置くと新しい視点が浮かぶことがあるが、今回はダメだったらしい。

そういう時は、最初の直感を信じるべきだと明智先輩に教わっている。

そして体を動かすこと。歩きながら考えると、何かがひらめくことがある。

もう一度室内を撮影したあと、私は手帳を携えて散歩に出ることにした。南千住方面に向かって歩く。貨物専用の巨大なターミナル駅もあって、陸橋を渡っているだけで楽しいルートだった。

駅前再開発でできた大きなショッピングモールがあり、生活用品を買うのもいいと思っていた。

明治通りを横切って、北上する。ここは、バス通りで東京駅から南千住を結ぶ路線が走っていた。

やはり気になるのは、失踪した埼玉県文化部長の畑中健介と、行政書士の久我道夫だった。

失踪した畑中の件を取材・報道していたのは、大手の新聞社、毎朝新聞の埼玉版だった。署名記事なので、記者の名前はわかった。ウィキペディアにも載っている有名な記者だ。筆名でなければ、岩瀬恵一《いわせけいいち》という名前だ。現在でも毎朝新聞埼玉支局に勤務していて、デスクを務めているらしい。

陸橋の手すりに寄り掛かって、スマホで調べた連絡先を手帳に書く。

毎朝新聞は、どちらかというと左よりの社風なので、元・ユニオン誌のライターの肩書が役に立つ。好意的なのだ。

行政書士の久我に関しては、合同事務所のＨＰからデータを書き写しておく。

ポケットに手帳を収めたところで、スマホから着信音がした。明智先輩からだった。

『熱海の大野屋に荷物を送った。ホテル預かりにしてある』

とだけ、メールに書いてあった。

散歩を中断して『あわや』に戻る。その途中で着信があった。

ユニオン誌時代、明確な区分けはなかったが、なんとなくグループが形成されていた。その一つが明智先輩、杉沢、私の三人だった。

たまにインターンシップで卒業間近の大学生がくることがあった。昔は中核派などの学生が雑誌編集を学んで地下出版物などを発行していたらしい。

さすがに私が所属していた頃は、過激思想の学生がインターンとして入ってくることはなかった。雑誌社という仕事に興味を持っている真面目な学生が多かったと思う。

その中の一人、相田紗子《あいださえこ》という女子学生は、モデル誌から抜け出たような、かなりの美人だった。スタイルも良かった。

杉沢は彼女に一目ぼれで、果敢にアタックしていたように思う。あまり相手にされていなかった記憶がある。

美形に生まれると、やんわりと相手を躱す技術が身に付くのだろう。

その相田からの電話だった。十年ぶりくらいだろうか？　相田も三十代という事実に改めて気づく。

「もしもし？」

間違って私の電話をコールしてしまったのかと、怪訝《けげん》におもいながら受信した。

『もしもし。磐田さんですか？　十年ほど前、ユニオン誌でお世話になった相田紗子です。覚えていらっしゃいますか？』

間違い電話ではないことに気付いて、更に私は困惑した。彼女とは全く接点がない。育児系の雑誌を出している出版社に就職したことは知っている。明智先輩と杉沢と私の四人で、就職祝いで食事会をしたのが、最後の記憶だった。

『あの、あの、何かあったら磐田さんを頼れって言われていまして……』

何のことか、さっぱりわからない。

「相田さん、落ち着いてください。深呼吸です」

素直に深呼吸をしているのがわかった。

『わたし、杉沢さんと結婚することになっていて、婚約もしたんですが、杉沢さんと全く連絡がとれなくなってしまっていて、式場の申し込みがあったんですが、それにも無断欠席で……』

そういえば、結婚すると杉沢は言っていた。その相手が相田紗子だったということか。

私は何と答えたらいいのか、わからなくなっていた。心配と不安で胸が潰れそうになっている彼女に、危ない連中に拉致されてしまったとは、言いにくい。

『二郎さん、何か危ないことに首を突っ込んでいるらしくて不安だったんです。ユニオン誌時代、カルト宗教のすっぱ抜き記事で、信者に命を狙われたことあるのを知っていますし』

泣きそうになるのを、必死にこらえているのが、声に表れていた。

「わかりました。調べてみます」

『よろしくお願いします』

私は逃げた。とてもじゃないが、拉致され自宅に爆弾を仕掛けられていたなど、言えなかった。

明智先輩に相談するしかない。単なる責任の放棄だが、こんなこと、一人で判断したくない。

すっかり暗い気持ちになって『あわや』に戻る。フロントの爺《じい》さんから鍵を受け取ると、

「お前さんに荷物が届いているよ」

と、小さな箱を渡された。バイク便らしい。

部屋に戻って箱を開くと中にはスマホが入っていた。明智先輩の手書きのメモがあり、

『これは、防諜処理されたスマホだ。今後はこれを使うように。当方も防諜処理されたスマホを使う。電話番号とメールアドレスを書いておいたので、空メールを送れ。RONINは使うな』

と書いてあった。日本で一番使われている通信アプリがRONINだが、セキュリティの脆弱《ぜいじゃく》性が指摘されている。RONINのキャラクターは侍だが、日本の企業ではない。

私の防諜スマホには予めメールアドレスが割り当てられていて、VPNを使って匿名性が高めてあった。

早速、明智先輩に空メールを送る。返信はすぐにあった。

『今から電話する。待機よろしく』

と、書いてあった。

山谷の古いビジネスホテルの一室で、明智先輩の支援を待つ。

まるでユニオン誌時代に戻ったようだった。

3

『磐田、無事か』

明智先輩の第一声はそれだった。それだけで安心して、情けないことに、力が抜けそうになった。

「無事です。『あわや』が生き残っていて助かりました」

この『あわや』は公安から学生運動の闘士を匿い、こっそり逃がすのを得意としていた。ホテル名の『あわや』は、あわやな目にあった学生を匿うという意味だと信じられているが、じつは先代のオーナーが、淡谷のり子の熱心なファンだったかららしい。

『先代の息子さんがオーナーだが、危険の嗅覚は親譲りだからな。安心だよ』

「一つ相談があるのですが……」

私は杉沢と相田の件について、明智先輩に話した。

共通の知り合いなので、明智先輩を巻き込んだ形だ。一人で抱えるにはあまりにも辛《つら》すぎる。

『杉沢はチャラく見えて、実は一途《いちず》だからな。口説き落としたのか……』

「相田さんにどうお伝えしたらいいでしょうか?」

しばしの沈黙が流れる。明智先輩の返事は苦渋に満ちた口調だった。

『正直に、現状を話せ。誤魔化《ごまか》しても、残酷なだけだ。ただし、電話ではなく対面で話すんだぞ』

「気が進みません」

『日本橋に安全な会員制のレストランがある。父の知り合いの店だ。話を通しておくので、そこで相田と会え』


六志警部と会うのは夕方なので、それまでの時間に貸し切りになった会員制のレストランで相田と会うことになった。

気が進まないが仕方ない。シェフやウェイターは休憩で外に出て行ってもらい、オーナー自ら喫茶を給仕してくれるらしい。

情報がどこにも漏れないよう、明智先輩が計らってくれたのだ。

大通りから一本裏手に入った通りに、そのレストランはひっそりとあった。

一見すると、レストランのショールームのようだが、誰も食事をしていないので、そう思えるのだろう。

不安そうな面持ちで、両手でカップを包むようにしてコーヒーを飲んでいるのが、相田だった。

三十歳になっているはずだが、五歳は若く見える。体型も大学生の頃と同じで崩れていなかった。

「磐田さん！」

席から立とうとするのを制して、私は真向かいに座った。

オーナーが薫り高いコーヒーを出してくれ、そのまま奥に引っ込む。

「相田さん。お久しぶりです」

「朝から変な電話をしてしまって、申し訳ありません」

相田が頭を下げる。ファンデーションで誤魔化しているが、目の下には隈があり、泣きはらした瞼《まぶた》をしていた。

これから告げなければならないことを思い、私の胸は痛んだ。

「明智さんから聞きました。何か大変なことが起こったとか。覚悟は出来ていますので、お聞かせください」

一番辛い部分は、明智先輩がやってくれたらしい。

私は深呼吸すると、話しはじめた。

久しぶりに杉沢に会ったこと、
スクープを狙って危険な連中の取材を行っていたこと、
万が一の時は取材内容を私に託すと言っていたこと、
杉沢と連絡がとれず、明智先輩の紹介の刑事さんと彼の家に向かったこと、杉沢が行方不明になり、家には爆弾が仕掛けられていたこと、杉沢に託された資料を受け取りに行ったら銃撃されたこと、これらを、時系列に沿って丁寧に説明した。

相田は手で顔を覆って、泣きだしてしまった。

「杉沢さんは、何時《いつ》までもゴシップ記事ばかりじゃなくて、まともなジャーナリストに戻るんだと言っていました。わたしは、今のままでもいいよと言ったのですが、生まれてくる子供に誇れる父になりたい……と」

「お腹《なか》には……」

「はい、杉沢の子です」

杉沢が急に張り切ったのは、これかと理解した。

私は、杉沢がもうこの世にいないかもしれないという言葉を飲み込んでしまっていた。

「杉沢の行方は、引き続き調査します」

「彼は、生きていますよね？」

「私もそう願っています」

希望を持たせるような言い方をしてしまった。

これが、大きなミスだった。

相田をタクシーに乗せて送り出すと、私は重い足取りで日本橋の街を歩いた。

多くの人が行き交い、さんざめきながら私を追い越してゆく。

人が多いなと思ったが、丁度昼時であることに気付いた。

人混みに耐え切れなくなって、オフィスビルの公開空地にあるベンチに腰掛け、私は明智先輩に電話をかけた。歩きながらスマホを使わないのは、川崎市の港湾ヤクザの取材時、刺されそうになった経験による。

「相田さんと面談しました。彼女のお腹には、杉沢の子がいました。なので、杉沢が死んでいるかもしれない……とは、言えませんでした」

『そうか、仕方ない。相田さんも可哀想に』

明智先輩がため息をつくのは珍しい。

『嫌な役をさせてしまったな。あたしがこんなザマじゃなかったら、引き受けてあげたのに』

「いいえ、十分助けていただきました。ゆっくり話せる場所まで用意していただいて感謝します」

『父の親友がオーナーの店なの。あそこから情報がリークする心配はないわ』

「お気遣い感謝します」

今度は私がため息をついた。

『六志警部との面談は夕方よね？　休眠中の私の料理教室を使っていいよ』

また、バイク便をその教室に送るそうだ。私はそこで待っていればいい。

五時間ほど、時間に余裕が出来た。

私は鶯谷《うぐいすだに》駅周辺に広がるラブホテル街に足を向けた。かつて、この地は片言の日本語をしゃべる辻立の売春婦が並んでいたが今は殆ど見かけない。

地元警察署の浄化作戦が功を奏したのだろうと思われる。

今は新宿歌舞伎町に日本人が並んでいる。ホストに入れ込んだ挙句、膨大な借金を背負って管理売春の泥沼に落ちているらしい。

海外に出稼ぎに行かされる女性もいて、世界一信頼があった日本のパスポートの信用度は売春婦ご用達と思われ地に落ちた。

そのラブホテル街だが、一時的に身を隠すには向いている。特に出入り口が二つあるラブホテルは特にいい。

私はヤクザに追い込みをかけられた際、山谷の『あわや』を知られたくない場合、鶯谷のラブホテル街に身を潜め、やり過ごすことが多かった。

鶯谷から、ソープランドが軒を連ねる吉原を抜け、日本堤《にほんづつみ》まで行けば、山谷は近い。

それに、鶯谷のラブホテル街はデリバリー系風俗が多く、チェックイン時に男一人で入っても怪しまれない。

なので、私は堂々とよく使うスイスの保養地の名前がつけられたホテルに入った。

このホテルの隣には、名も知らない小さな公園があり、出入り口は二ヵ所。そこの一階か二階を確保するのが私のやり方だった。

低層階を選ぶのは、窓から公園に飛び降りるという選択肢があるから。逃亡時の選択肢は多い方が生存率が高い。

今回は二階の部屋を確保できた。

消毒液の匂いが苦手なので、窓を全開にする。鶯谷駅を行き来する電車のレール音がタタン、トトン、タタン、トトンと聞こえてきた。

杉沢の資料を開く。埼玉県庁の職員畑中が失踪した事件を、報道したのは毎朝新聞埼玉支局の岩瀬という人物だ。

メモしておいた電話番号をタップして、電話する。

『はい？』

愛想の悪い声がした。多分コイツが岩瀬だと思った。

「お忙しいところ、失礼いたします。私は、横浜のユニオンという雑誌で記者をしていた磐田と申します」

ユニオンの名前が出た時点で、相手の雰囲気が変わる。

『ああ、ユニオンさんの。あれはいい雑誌でした。解散が惜しい』

「お褒めの言葉ありがとうございます。岩瀬さんを探しているのですが……」

『失敬、失敬、私が岩瀬です』

本題に入りたくて焦れながら、岩瀬の世間話に付き合う。喉頭がんで亡くなった沼田デスクとの思い出話などだった。一時期、一緒に働いたことがあったのだそうだ。

『長話してすまんね。何の用事だったかな?』

やっと本題に入ってくれた。

「埼玉県庁職員の失踪事件、誰でしたっけ」

『ああ、畑中さんの事件だね』

私は岩瀬の記憶力を試したのだが、岩瀬は合格だった。

「そうです、あの記事は分析が的確で、先入観を入れず実にフラットな記事でした。最優秀ルポルタージュ賞を受賞されただけはあります」

歯の浮くようなお世辞を言う。言い過ぎたか？　と一瞬ヒヤッとしたが、岩瀬は満足そうに笑った。

『あれは、失踪ではなくて、拉致だと思っていてね』

自慢交じりに記事のことを語り始める。三日連続で掲載されたルポルタージュだったが、その背景をべらべらと喋《しゃべ》ってくれた。

アダージョという芸名の女性歌手がテロ組織の広告塔であることに気付き、県営の音楽堂を貸し出すことに異議を唱えたのが畑中だった。

それを強行したのは、後援者のひとり、河辺市長の邑久森がごり押ししたからだと言われていた。岩瀬の証言でそれに裏付けが出来た。

埼玉県知事の小野誠一郎《おのせいいちろう》とは遠戚の関係で、邑久森の要求をむりやり通させたというのが真相らしい。

納得のいかない畑中は、資料を取り寄せ、背景を調べはじめていた。

そのうちのどれかが、地雷だったのだ。

「畑中さんが調べていた資料だけど、ご家族の方が私に譲ってくれてね。もう見ないので、磐田さんに送ろうか？」

願っても無い提案だった。

私は明智先輩の住所を告げて、そこに送ってもらうことにした。

「着払いでＯＫです。ありがとうございます」

『通信運搬費で落ちるから大丈夫ですよ。お送りします』

第六章

1

打ち合わせに明智に指定されたのは、古里とともに身分を隠して通っていた料理教室だった。今、彼女は両足骨折で車椅子生活を送っており、教室は当面の間は休止という状況だった。

玄関口には磐田が待っていて、俺に気付くとペコリと頭を下げた。

「あ、六志警部。新しいスマホになったので、空メールお送りしますね。電話番号はこちらになります」

盗聴の危険を察知して、新しいスマホに切り替えたということか。

杉沢のＰＣとスマホは何者かに持ち去られており、登録されている磐田は追跡される可能性が高い。

危険な連中と渡り合うのに最低限の知識は持っているようだ。

「山谷に潜伏したんだったね」

「ええ、『あわや』という昔からある宿です。ご存じですか?」

「あの、『あわや』か、業界では有名だな。あそこなら安心だ」

磐田が投宿した宿は、俺の先輩たちが左翼とバチバチにやり合っていた頃、手強《てごわ》い敵だった宿だ。

「その宿を中心に、鶯谷のラブホテル街も使って、足取りを摑ませないようにしています」

たしか、磐田は川崎市の港湾ヤクザを取材して、何度も命の危険にさらされたと言っていたことを思い出す。

自分の身は自分で守れるタイプだと認識した。

俺はここに戻るのが嫌だった。匂いは記憶に直結する。認知症だった老人が、故郷の料理の匂いをかいで、記憶がよみがえったという事例もある。

俺にとっては、古里との潜入捜査の記憶だ。ケキッキ、プルビペール、ザータル、スマックの香りが色濃く残っている教室は脳をぶん殴られたような感覚になる。

これを克服しようと、休日はわざとこれらのスパイスとハーブを使った料理を作ったりしているが、代用品とはやはり違う。

料理研究家が集めたものは別物だった。

やがて、バイク便が来て、磐田の身分証明書を確認して、封筒を渡す。

中身は鍵だった。

磐田がセキュリティを解除し、料理教室に入る。六つの大きなテーブル。六つのシンク。包丁とまな板。古里と通っていた頃と、配置も同じだった。

磐田は続いてリモコンを操作して、大型画面ＴＶの電源を入れる。画面には、明智が映った。四十歳を超えているはずだが、全くそうは見えない。女子大学生といっても、遠目には通用するレベルだ。

『六志さん、お久しぶりです』

この画面は、料理の手さばきを撮影して映し出すもので、画面の右端にＣＣＤカメラが設置されていた。

「ども」

俺は言葉短く返事をした。ここのスパイスの匂いに胃がムカムカしていたからだ。

『では、杉沢君の件でブレインストーミングしましょう。六志さん、組んだからには出し惜しみ無しよ』

「わかった、わかった」

得た情報を提出して共有するのが、分析班のスタイルだが、明智がやろうとしているのは、偶然だろうがそれに近い。素人よりは多少上の捜査能力をもっていると、認めてやっていい。

「では、諸君らが得られない情報から」

俺はそう前置きして、話し始めた。

「池袋で磐田氏を弾《はじ》こうとした人物の指紋の照合と顔認証の結果が出た。名前は、ブルワ・ショーシュ。年齢二十四歳。国籍はトルコ共和国。犯罪を犯して国外退去ということになったが、なぜか日本にいる。多分、密入国だな」

ホワイトボードを持ってきて、俺は『NPO法人日本イスラム友好協会』と書いた。

「どこを叩いても何も出てこない真っ白なNPO法人だが、俺はこいつらが手引きしていると思っている。詳しい論拠は、さすがに開示できないが」

次に磐田が発言した。磐田は埼玉県知事の小野誠一郎と河辺市長の邑久森信一郎に注目すべきだという案だった。

秋葉原の怪しい行政書士久我もこれに絡んでいる。県職員の畑中氏失踪はこの案件のキーとなるはずだと磐田は思っているようだ。

明智は別の方向からのアプローチだった。小野県知事とＮＰＯ法人日本イスラム友好協会を繋いだ小山田是政に注目すべきであるという主張だった。実は俺もこの筋には注目していた。

政治家の中には利権にしか興味が無い者がいる。金を引っ張ってきて、そのおこぼれを攫《さら》うのが仕事だと思っているのだ。

小山田は、その匂いがする。部下の多久もこの筋を推していた。

「何か、記憶があるのよ。この小山田。思い出せないのがじれったいんだけど」

明智が、眉間に皺を寄せて爪を嚙《か》む。

「この筋は、私に任せてくれない？　資料を漁るなら自宅でも出来るし」

多久の捜査資料と明智の捜査資料をすり合わせれば、何か出てくるかもしれない。任せてもいいだろうと、俺は思っていた。

「行政書士の久我が一番ガードが甘い。俺はこっちから掘っていこうと思う。磐田くんには河辺市長の邑久森を任せたいと思うがどうか？」

磐田が頷く。

「相手はウズガラーヤという正体不明の連中だ。くれぐれも注意してくれ」

素人よりはマシということで、比較的安全な調査を明智と磐田に任せた。

公安の仕事の一端を任せるのはどうかと思うが、勝手に調べ始められた方が危険だった。

杉沢の二の舞になる。

巣鴨《すがも》にある料理教室を出て、俺は目黒に向かっていた。公安機動捜査隊の爆弾処理班から「爆弾の解析が終わった」と、連絡があったからだ。

目黒駅から坂を下った先に、古い消防署があり、そこが公安機動捜査隊の本部だった。

取り壊しになる予定だった消防署を買い取ったのだ。

消防車が駐車していた屋内の駐車場は、天井が高い。様々な特殊車両を管理しているので、好都合なのだ。機密に類する車両を撮影する左翼がいて、屋外に駐車するのも、問題があるのだ。

一見無人の門扉の前に立つ。巧妙に隠された監視カメラが俺の姿を映しているのだろう。

『六志警部、お帰りなさい』

隠されたマイクから、そんな声が聞こえた。俺は公安機動捜査隊、通称『公機捜《こうきそう》』のテロ対策班の出身だった。

「爆弾を見に来た」

電子音が鳴って、高さ五メートルはある駐車場のシャッターの脇の潜り戸のような鉄扉が開く。

待っていたのは、網野羽田子《あみのはたこ》という技官だった。

今はドローンの研究を行っているが、ドローンのカミカゼアタック対策の一環で爆発物にも詳しくなってしまったらしい。

「バカがパイプ爆弾を首相に投げたおかげで、爆弾処理班が人手不足で、駆り出されましたよ」

「そいつは、すまんな」

素直に詫《わ》びる。技官はいつ家に帰っているかわからない者が多く、この建物に寝泊まりしている者も多い。網野も疲れた顔をしていた。

「六志警部が出張るってことは、ウズガラーヤ関連？」

「そうだ。摑んだ尻尾は離したくないんで、無理させてしまった」

「頭下げないでくださいよ、きもちわるい」

「きもちわるいか？」

「後方で腕組してわかっている風を装うのが、六志警部じゃないですか」

そんなイメージで見られていたとは、少し傷つく。

「もう分解しちゃったんで、3D映像になりますが、いいですよね？」

「ああ、任せるよ」

会議で使う大きなモニタがある部屋に案内される。そのモニタには爆弾の分解図が描かれてあった。

「一言で言うと、くっそダサい爆弾です」

爆弾犯は、芸術家を気取ることが多い。つまり、癖があるのだ。クリスマス飾りの小さな真鍮のベルを爆弾に仕込む……などという爆弾魔もいる。

「これは、まるで教科書を見ながら作ったような爆弾です。二〇一九年のイラクのアメリカ大使館爆破事件、二〇二四年のテルアビブの爆弾テロで使われたのと酷似していますね。まぁ特徴が無いのが特徴みたいなものです」

この爆弾犯には主義主張がないということだ。つまり……。

「セムテックスの性能のプレゼンテーションといったところですかかね」

まるで、死の商人のような動き。ウズガラーヤが直接かかわっているので間違いない。

2

深夜の桜田門に帰る。多久はまだ帰っておらず、情報の解析を続けていた。

「昼間は本来の仕事やっていますから、こっちの玩具は夜になってしまうんですよ」

プリンターが動き出す。多久は何かを俺に見せたいらしい。

「海外で活動するテロ組織は、金を受け取って活動する立場ですね？」

「まぁ、普通はそうだな」

「で、これ見てくださいよ」

「公安第一課第二公安捜査第三係から資料を見せてもらって、多少解像度が上がったんですよ」

海外への違法送金のリストだった。

群を抜いているのが、ウズガラーヤの息がかかっていると思われる組織だった。これは、検挙された団体の金額の合計なので、実際はどれくらいの金が海外に流れたのか、想像もつかない。

「日本は稼ぎ場ということか？」

「目立たないように、目立たないように、動いているのも、理解できるかと」

検挙された金額を考えると、日本で生み出される金は、控えめに言って、百億円はいくだろう。

そのうちの何%かがばらまかれ、構造的に不正をバックアップする体制をじっくり時間をかけて育て上げていたとしたら？　数億円は実際に人が死んだりする金額だった。

「いや、いくらなんでも……」

行政書士の久我の顔がちらついた。士業を味方に巻き込めば、大概のことはなんとかなる。

埼玉県警のトップは小野県知事。河辺市の邑久森市長は小野知事の親戚だ。

日本国籍の女性経営者が多いのが河辺市。その女性経営者の配偶者は、中東からの難民が殆どだった。

かつて『ヤード』と呼ばれる囲われた資材置き場が河辺市内に多く作られ、中で何をやっているかわからないと地域住民に不気味がられていた。

河辺市の治安は悪化していると言われているが、彼ら中東からの難民がかかわることはほぼない。むしろ、治安維持パトロールを地元警察や自治会と連携して積極的に行ったりしている。

公園のゴミ拾いなどのボランティア活動などにも参加して、その結果ヤードの不気味さは薄まっている。

日本国籍がある配偶者を経営者として、日本で金を稼ぎ始めた中東からの難民たち。産廃業者や解体業などが多い。税理士も入れ、安全管理も行い、産廃の不法投棄などの不正も行わない。慎ましやかな収入で、慎ましやかな生活を営んでいる。

教育にも熱心で、日本に帯同してきた年かさの子は、両親の仕事を手伝い、ボランティアなどに積極的に参加するなど、評判は悪くない。

では、地下銀行に流れる資金はどこからくるのだろうか？

表向きの商売とは別に、何かが進行している。

「もともと、麻薬、武器、管理売春は地元ヤクザが仕切っていて、激しい抗争の末、大陸の黒社会が勝った」

その黒社会も内部分裂を経て勢力が削《そ》がれ、河辺市から逃げ出すグループも出ている。

ウズガラーヤと思われる一団は、その間隙をついて河辺市に定着しつつある。

難民に紛れて、どれほどの規模の構成員が入ってきているのか、調べてもでてこない。

もしも、自治体ぐるみで一大アンダーグラウンド市場の形成を目指していたら、手がつけられなくなる。いや、既にそうなりつつある。

「探りを入れた人間がどんどん消えてゆくのは事実です。町で無法をはたらくブルワ・ショーシュみたいなチンピラと、実働部隊は別物だと考えた方がいいかもですね」

それは俺も考えていた。荒事専門の鉄砲玉に暴れさせて、もとからの住民を追い出しつつ、自分たちは地元に寄りそうふりをして、地域コミュニティに食い込んでゆく。

事実毎年千人規模の転居者が出ているのが河辺市だった。

「麻薬の汚染は？」

「広がっていますね」

「銃器は？」

「確実に増えています。既存のヤクザや黒社会の粗悪品ではなく、純正品の拳銃が増えています」

そこまで言って、多久が俺に画面を見せる。

「これ、爆弾セットです。セムテックスと雷管とおサルさん程度の脳と器用さがあれば、家一軒吹っ飛ばせます。これ、見たことありますよね？　班長」

杉沢の家に仕掛けられていたもので、公安機動捜査隊の網野が『つまらない』と称した爆弾だ。誰でも使えるように作ったセットなら特徴が無いのもわかる。

「欧州では、麻薬と銃器と人身売買が、ウズガラーヤのシノギと言われています。あまりにもひどいので、取り締まりが厳しくなって……」

「お花畑の日本に、市場を移した」

「まるで、商売人ですよね。マネーロンダリングもシノギの一つかもです」

磐田が言っていたように、取り込まれているかもしれない政治家や行政関係者や警察官僚に切り込むというのは、必要なのかもしれない。

「まずは、全貌を知りたいですね。杉沢氏の資料で少しは進展があるかもしれません」

「実際、何人も不審死をしている。真の敵はまるで幽霊のように正体を見せない実働部隊だ」

「せいぜい、気を付けます。班長も気を付けてくださいよ」

ウズガラーヤは思ったより大きなヤマだった。警察官を一人殺害するような連中だ。ある程度予想はついていたが、想像以上に巧妙で悪質だった。

「正攻法では無理かもしれない」

それが俺の感想だった。古里が殺害されてから、俺はとっくに一線を踏み越えてしまっていて、どうせ後戻りなど出来ない。ランダムで寝床を決めなければならないほど、命を狙われている。

上司は、俺が警察から去ってほしいと思っていて一線から外した。妻は毎晩叫んでは飛び起きる俺に耐え切れなくて出て行った。

俺には何も残っていない。古里を殺したウズガラーヤへの憎しみだけで生きている。

3

河辺市の邑久森信一郎市長の追跡調査を多久に任せて、俺は秋葉原に向かった。合同事務所の一角に店を構える久我道夫を張るためだ。

久我の抱える案件は、殆どが河辺市の登記関係だ。ウズガラーヤの表の顔の合法化を手引きしているのは、久我で間違いない。

久我から河辺市役所を手繰るつもりだった。

まともな手段をとるつもりはなかった。久我が俺に狙われていることがバレると、彼は消されてしまうだろう。

久我はウズガラーヤにとって、重要なパーツだ。本人は気付いていないだろうが、護衛もしくは監視がついているはず。

磐田を弾こうとしたブルワ・ショーシュではなく、多久が命名した『幽霊部隊』がついているはずだった。

俺は、そいつらを追いたかった。そのために久我を利用する。

久我の住所は把握していた。『商業・法人登記情報』を取得することが出来るサービスがあり、これは登録さえすれば誰でも使える。分析班はそこに偽名で登録し、捜査に役立てていた。

その登記情報には会社法人番号や商号、設立年月日や目的などが記載されており、役員に関する事項には、久我の住所が書いてある。

久我の住居は埼玉県の南鳩ケ谷《みなみはとがや》にあった。通勤ルートは秋葉原から京浜東北線で王子駅に向かい、埼玉高速鉄道に乗り換えるというものだった。

俺はマスクをして折り畳みのスプリングコートを羽織り、髪型をオールバックに変え、伊達《だて》メガネを付け、久我を尾行した。

面識はあるはずなのに、久我は俺に全く気付いていない。

久我を護衛している人影がないか、注意深く観察していたが、俺の目でも認識が出来ない。『幽霊』は優秀だ。

護衛がついていない可能性も考えたが、それはないと考え直す。

ウズガラーヤの商売の段取りを組んでいるのが久我だ。誰かに拉致されて秘密をバラされるくらいなら、殺すだろう。

南鳩ケ谷で下車する。ここから徒歩十五分で久我の住居になる。

彼は『グリーンズ』という駅前のスーパーマーケットに入っていった。

出入り口は一つなので、駅前ロータリーのベンチに座って久我が出てくるのを待つ。しばらくすると、トートバッグを下げた久我が出てきた。

周囲を観察する。久我に合わせて動き始めた者は見当たらない。

「まさに幽霊だな」

思わずつぶやく。俺が監視されている気配はなかった。公安刑事の経験が長くなると、見られていることを背中で察知できるようになる。古里はそこまでの経験を積んでいなかった。なので、尾行が上手い鹿倉に追跡を許してしまったのだ。

久我がコンビニエンスストアに立ち寄るのを見て、俺は先回りすることにした。そこから久我の家まで市街地をほぼ一直線だ。

俺は、住宅と住宅の間の隙間に身を潜めた。耳を澄ます。久我の足音がしていた。

ほぼ人通りはない。護衛の姿も見えない。雑踏に紛れることが出来ない場合、尾行者は対象者から距離をおく。俺はその瞬間を狙っていた。

足音が十分に接近したタイミングで、俯きながら俺は暗がりから出た。

久我が驚いて息を飲んだのがわかる。

思い切り顔面を殴りつける。久我はよろめいて電信柱に寄り掛かった。恐怖で声も出ないようだった。

更に突き上げるようなボディブローを打つ。久我が声を詰まらせて体をくの字に曲げ、げぇげぇと吐いた。

走る足音が聞こえたのは、このタイミングだった。人数は二人。走りながらサイレンサーを装着したＳＩＧらしき拳銃を発射する。音は殆どしなかった。

久我は頭を抱えて地面に伏せる。多分、こういう事態になったらそうしろと教わっているのだろう。日本人らしからぬ反応だ。

電信柱に銃弾が跳弾して虚空に消える。

俺は身をひるがえして逃走に入った。唸りを上げて弾丸が通り過ぎるのが聞こえる。かなり正確なエイミングだった。

立ち止まって撃たれたらマズい。俺はジグザグに走り、道の角を曲がった。

射線を切ったタイミングで思い切り駆ける。

追ってはこないようだった。

俺はスマホを取り出して、電話した。

「網野！　出番だ！」

ていたのだ。

南鳩ケ谷には、公安機動捜査隊のドローン技師である網野羽田子が愛機と一緒に待機し

実戦データを欲しがっていた公安機動捜査隊は、俺の協力要請に応えてくれた。急なことだったが、網野のチームを派遣してくれたのだった。

息を整え、もう一度網野に電話する。電話に出たのは網野と同じく技官を務める佐藤《さとう》隆盛《りゅうせい》だった。彼の専門はAI関係だが、網野と組むことが多い。

『あ、どうも、六志さん。今、網野は集中しているので、私が話しますね』

「佐藤か。様子はどうだ?」

『一人が久我を介抱。もう一人はどこかに連絡をしていますね』

網野が研究しているのは、高性能カメラを搭載した静音ドローンだった。背景の色を感知して保護色になる。今は夜なので機体は黒くなっているだろう。

「護衛役の男を追いたい。航続距離は大丈夫か?」

『三機持ってきていて、リレーさせます。現地まで運転してきた4トントラックは、いわば航空母艦みたいなものですね。ドローンが戻ってきたら、整備し充電します』

現代は、ドローン抜きでは語れないようになっている。特に、この分野の実戦データを欲しがっているのが自衛隊だった。

警視庁公安部と防衛省は協定を結びお互いに技官の人事交流を行っていた。

『トラックの運転手は、陸自から人事交流で来ている小倉《こくら》龍二《りゅうじ》くんです。今度紹介しますよ』

護衛をおびき出すことに成功した。あとは、彼らのアジトがどこなのか、網野たちのドローンに期待するしかない。

「これから先は、俺にはどうしようもない。任せたぞ」

『お任せあれ。長距離尾行の実地テストが出来ます。航空母艦システムが運用可能かどうか、楽しみにしています』

「場所が特定出来たら、連絡してくれ。合流する」

『了解です』

佐藤との通話を終えた。久しぶりに全速力で走ったので、足の筋肉がずきずきと痛む。

先輩たちが、

「四十越えると、ガクッとくるぞ」

と言っていたが本当だった。

幽霊部隊のアジトが分かったら、何者なのかを知りたい。彼らの生活パターンを把握したい。規模はどれくらいなのか？　知りたいことは山ほどある。

幸い、ドローンのテストで公安機動捜査隊が協力してくれるので、人手不足は解消できそうだ。古里と内偵していた頃は、ドローンの技術自体存在していなかった。

素人よりは多少場慣れしているとはいえ、明智、磐田を使うのは危険だと感じていた。街中でも平気で発砲するような連中だ。

セキュリティがしっかりしている高層マンションから出ることが出来ない明智はともかく、山谷に潜伏中の磐田が危険だった。

最初は頼りない野郎だと思っていた磐田が、案外したたかなところが気に入っていた。俺はアイツを死なせたくないと思っている。

「ああ、そうか」

容姿はともかく、見た目と反してタフなところが古里と似ているのだ。

「ドローンによって幽霊たちの正体に迫ったら、どうすればいいのか?」

そんなことを考えながら、疲れた体を引きずって王子駅まで戻る。羽織っていたスプリングコートは捨て、オールバックの髪型はもとに戻した。伊達メガネも外す。

王子駅から池袋行の最終バスに間に合ったので、それに乗った。

窓ガラスに映った自分の顔にギョッとする。

目は落ちくぼみ、頬はこけ、目の下の隈が酷《ひど》い。まるで麻薬常習者みたいな顔だった。

終点池袋駅で、多久に電話を入れる。

今日は池袋北口にあるラブホテルに泊まる予定だった。そのことを多久に告げた。

『無神経というか、何と言うか』

多久がため息交じりに言う。

「何がだ？」

『六志班長。忘れたんですか？　あなたそこで一人射殺しているでしょう？』

すっかり忘れていたことに、軽いショックを受ける。

俺はどこか本当に壊れてしまったのではなかろうか？


池袋駅東口（北）から、平和通り沿いに歩く。ブルワ・ショーシュを射殺した場所を横目に宗教施設の合宿所の真向かいにあるラブホテルに入った。

ここは、平和通り側と、その一本裏道にそれぞれ出入り口があって、襲撃された場合に生存率が高くなる。

ホテル全体にお香の匂いが常にしていて、心地いい。

清掃もしっかりしていて、清潔感があった。

嗅覚のいい俺は、業務用の消毒液の臭いが苦手なのだ。そしてその消毒液が必要な理由を考えると吐き気がする。

佐藤に連絡を入れる。

「池袋で待機している。そのままドローンで生活パターンを観察してくれ」

『了解です。お泊まりセットも持ってきてあるんですよ』

『初めまして、小倉です。お噂はかねがね伺っております』

割り込んできたのは、自衛隊からの人事交流の男だろう。

『トラックの中、臭いがこもって最悪』

網野の愚痴が聞こえた。

『河辺市内のヤードが、彼奴等のヤサでした。遠距離からドローンで観察しているだけですので、ご心配なく』

「頼りにしている。よろしく頼むよ」

久しぶりにふかふかのベッドに横たわった。すぐに、眠気が襲ってくる。

いかに自分が疲れ切っているか、思い知らされた。

悪夢を見ることなく眠れることを願って、俺は目を閉じた。

第七章

1

六志警部が安全と太鼓判を押した『あわや』の室内は、狭くて何もない空間だが安心感がある。

予め撮影しておいた室内写真と見比べてみたが、違和感はなかった。誰にも侵入されていない。

荷ほどきをして、清掃用具置き場に向かう。滞在中の室内清掃は自分でやるのが、この宿の決まりだった。

無心で掃除機をかけながら、意識は杉沢とウズガラーヤらしき謎の国家に向かう。河辺市民は、ウズガラーヤという地図にない国があることを、誰も知らないだろう。中東で迫害を受けた可哀想な人たちに成りすましていることに気付いていない。

埼玉県知事の小野誠一郎と河辺市長の邑久森信一郎が、どういう形でこのウズガラーヤに関わっているのか？　杉沢が死ななければならないほどの秘密は何だったのか、私の中に眠っていたジャーナリスト魂が燻《くすぶ》る。

掃除をしながら、頭の中で翌日以降の調査の段取りを組み立てていた。六志警部に禁止されているので、現地に向かうことは出来ない。遠隔で資料を集めるしかない。

明智先輩からは連絡がない。彼女は小山田という与党・民自党の衆議院議員について調べているはずだ。元・神奈川県警と警視庁の番記者だった頃のコネを総動員していることだろう。

清掃用具を返却し、部屋に戻る。電気ポットで湯を沸かし緑茶のティーバッグで温かいお茶を飲んだ。

じんわりと腹が暖まるのを感じながら、畳の上に横になった。

川崎市でも港湾関係の反社組織に取り込まれた市職員がいた。例によって家族を人質にとるような卑劣な手口だった。

「お子さん、小学校に上がったそうですね。かわいい盛りですなぁ」

といったことを言う。これで、市職員は震えあがってしまう。

「どこから手をつけるか……」

ひとりごちる。知事より先に邑久森市長の情報を手を入れるべきだろう。

私が川崎市でやったのは、徹底的な暴露だった。多少の飛ばし記事でも、仲間の左翼メディアが援護射撃をしてくれて、瞬く間にヤクザの息がかかった会社は炎上した。

私は命を狙われたり、脅迫されたりしたが、それすらも炎上の燃料にした。

記事を掲載しているユニオン誌にも妨害や脅迫が相次ぎ、なぜか右翼の街宣車などもユニオン誌が入っている雑居ビルに来たりしていたが、

「ユニオン誌は弾圧されてなんぼだ。どんどんやれ。右翼団体も含めた相関図作って掲載しよう」

などと、編集長は私をたしなめるどころか、煽《あお》る始末だった。

今回は、庇ってくれる組織はいない。慎重に事をすすめないと、本当に危険だった。

私は起き上がって、普段から持ち歩いている鞄を漁る。

大事にとってある運転免許証を取り出した。

澤山康之《さわやまやすゆき》という名前の人物だった。

彼は私の母方の叔父にあたる人物で、一族の爪はじき者だった。

風俗嬢に入れ込んだ挙句、尻の毛まで抜かれ、もう金を引き出せないとわかると風俗嬢の、

「刑務所に夫がいる。留守中に世話になったお礼がしたいと言っている」

という言葉に怯《おび》え、広島から私を頼って東京まで逃げてきた人物だった。

貯金も退職金まで使い果たしてしまった叔父は、祖母の財産分与の数百万円だけで細々と年金支給の年齢まで食いつないでいた。この財産分与分の金は、私の母が、叔父が風俗嬢に貢がないように死守したものだ。

美人局《つつもたせ》被害にあってから、行動がおかしくなった叔父は、私が保証人になったアパートでも、近隣住民とのトラブルも多く、私が呼び出されることも度々だった。本当にうんざりしていた。説教するとさめざめと泣く。どうしていいか、わからなかった。

とどめは、行方不明になったことだ。家賃の滞納で面談を予定していた管理会社が、何度電話しても叔父と連絡がとれないので、警察に通報し、警察官立ち会いのもとスペアキーで叔父の部屋のドアを開けたのだった。

財布は置きっぱなし。電気はつけたまま。炬燵《こたつ》もつけたままだった。炬燵の上には、飲みかけのお茶が置いてあった。

常々叔父は「俺はヤクザに追われている」と、吹聴していたので、事件性ありとして、

所轄警察署から鑑識が派遣される事態にまでなった。

　私は、捜索願を提出してほしいと警察に依頼され、墨田《すみだ》区の本所警察署まで出向き、手続きをした。

　警察は行方不明者リストに叔父を加えて、身元不明の人物を検索にかけたようだった。

　都立墨東《ぼくとう》病院に叔父らしき人物が入院していることを、警察が探り当てたのは一週間後だ。

　所持品は小銭入れだけ。身分証の類は所持しておらず、道に倒れているのを巡回中の警察官が発見し、緊急搬送したらしい。

　叔父は脳梗塞で倒れ、高次脳機能障害となっていた。自分が誰であるかも認識できず、病院も困っていたらしい。

　人物が特定できたなら、早く退院して欲しいと言われたが、成年後見人と入所できるリハビリ施設付きの老人ホームが見つかるまで渋々ながら猶予してくれた。

　幸い、彼の地元の広島では鉄道会社という堅い職場に勤めていたこともあり、そこそこの額の年金をもらっていたので、年金で賄えるホームを見つけることが出来た。

　残った貯金も全て後見人の管理となり、私の手元に残ったのは、数年で取り壊しが決まっている叔父の住んでいたボロアパートの賃貸の権利と、入院しているのが間違いなく叔父であるという証明に持っていった彼の運転免許証だけだった。

住んでもいないアパートを叔父名義で借り続けているのは、表向きは退所日に住む場所を確保するため。

本当は、資料の倉庫として使えるかと思っていたからだ。どうせ取り壊すアパートなので都内なのに家賃は三万円と格安。同じ面積の貸倉庫を都内に求めると、約十万円はする。

「これを使うか……」

手続き上必要なので、叔父から私への委任状は、あのアパートに置いてある。委任状があれば、たいていの手続きは出来るものだ。

苗字は母方のものなので、私と関連付けるのは難しいはず。

「東京に康之叔父さんが来たときは、迷惑以外思わなかったけど、社会正義のために役立てさせてもらうね」

運転免許証の真面目くさった叔父の写真に、私は話しかけた。

2

私はまず、叔父名義で借りたままのアパートに向かった。泪橋のバス停から都バスに乗り、東武浅草駅前で降りた。少し歩いて錦糸町行の都バスに乗り換える。

東京消防庁の施設『本所防災館』がある横川三丁目で下車した。ここから歩いて数分の場所がボロアパートだった。唯一残してある家具のキャビネットにしまってある、委任状の束から一枚抜き取り、ボロアパートを出る。

向かったのは郵便局だった。転居・転送サービスがあり、叔父のボロアパートに届く郵便物を指定した場所に転送してくれる。

私は、叔父の委任状を見せ、私の運転免許証を提示し、届出書を書いた。

転送先は明智先輩の住所。明智先輩からバイク便で『あわや』に送ってもらう段取りだった。

およそ、一週間で転送ははじまる。

セキュリティがしっかりしている大手のアクセスプロバイダと契約し、住所確認の郵便物を明智先輩経由で入手すれば、横川三丁目に住んでいないのに、あたかも住んでいるような『澤山康之』が誕生する。

わざわざこのような手の込んだことをするのは、安全のためだ。

誹謗《ひぼう》中傷や、個人情報を漏洩《ろうえい》された場合、ＳＮＳ等の運営をしているコンテンツプロバイダに「この書き込みをしたのはいったい誰か？」という申し立てが出来る。

この段階では、権利侵害を行った者のメールアドレスなどの限定した情報と、発信内容の保全だけだ。

次の段階で行うのがアクセスプロバイダへの開示請求である。こちらには、住所氏名が登録されており、この情報をモトに起訴することが出来る。

危険な連中に、住所氏名がバレてしまうリスクは大きい。川崎市の港湾ヤクザを取材してその実態を暴露したときは、海外在住のユニオン誌ＯＢの協力を仰ぎ、私へのアクセスプロバイダ開示から身を守った。

闇に潜む連中が一番嫌がることは、白日の下にさらされること。

利権絡みで億単位の金が動く場合、人が死んでもおかしくない。川崎取材の場合、ヤクザに尾行されたり、調査会社の探偵に顔写真を撮られたりした。

その際はユニオン誌が徹底的に守ってくれた。尾行を振り切る技術を伝授してくれたり、編集長に紹介された逃げ場所としての『あわや』の存在が大きかった。

今度の仮想敵は、まるで幽霊のようなウズガラーヤという国家だ。世界各地に散っているので、海外在住のＯＢに協力を願うのは危険だった。私と明智先輩だけで戦うしかない。

アクセスプロバイダから確認の封筒が届くまでの間、私はＨＰを立ち上げる準備を進めることとした。

『あなたは、ウズガラーヤという国を知っていますか？』

これを題名とした。記者は三木沢という名前にする。杉沢を分解した名前だった。

「杉沢、無念を晴らしてやるからな」

呟いて、夢中になって妄想が論拠の記事を書く。導入は、小説家兼冒険家の高野秀行氏が書いた名著である『謎の独立国家ソマリランド』に寄せて、興味を持ってもらえるように、コミカルに書いた。地図にない国というのが似ているからだ。

ＨＰなどの人気の出させ方は、明智先輩がよくわかっている。

エッセイなどでちょっと触れるだけで、注目度が高まる。いわゆる『バズった』状態になるのだ。


電話で明智先輩と打ち合わせをする。

文章の添削もしてくれた。経済紙の癖が出て、私の文体は硬いらしく、いくつか手直しが入った。

『あたし担当の小山田議員だけど、磐田、山梨に出張いける？』

確認したいことがあるそうだ。本来なら自分で行きたいのだろうけど、明智先輩は両足骨折で車椅子生活だった。

「いいですよ。何を調べますか？」

『小山田議員の後援会事務所。ネットで調べたら、手形色紙があるのよね』

「力士がやるような？」

『そうそれ。小山田議員は、元相撲部だからね。地元支援者に頼まれてジョークで作ったらしいんだけど、微妙に朱肉が薄くて指紋と掌紋がくっきりしているの』

指紋は個人識別で精度が高い。掌の皺である掌紋も同程度に識別出来た。生体認証で使われることも多い。

「わかりました。取材の態でいけば、歓迎されると思います。何か気になることでも？」

『うん、ちょっとね。とにかく、手形の写真を撮ってきて』

「先輩がひっかかっている部分を聞いてもいいですか？」

まだ勘でしかないのだけど……と、前置きして明智先輩が話し始める。

『小山田議員は、若いころ、一度だけ暴行傷害事件を起こしていてね。不起訴になったんだけど、取り調べの時に指紋をとられているのよ』

「なるほど」

『暴行傷害事件のあと、親の都合で中国に渡っている。戻ってきたのは本当に小山田青年？』

考え過ぎだと言いかけて、その言葉を飲み込む。フィリピンで市長が背乗《はいの》りの中国人のスパイだった……という事件が起こったばかりだ。

私が唸っていると、明智先輩が笑った。

『まぁ、考え過ぎだと思うけどね。可能性をひとつずつ潰していこう』

3

私はその日の切符をとって新宿駅から『かいじ』に乗った。特急に乗れば、大月駅までは約一時間で到着する。

小山田議員の地元は山梨県大月市で、後援会事務所は大月駅前にあった。

電話で後援会事務所にアポイントメントをとってあり、私は名刺作成ソフトで架空の雑誌社の名刺を自作し名刺入れに入れていた。

セルフサービスでデータの出力や裁断機を借りることが出来る店が新宿駅南口のサザンテラスにあるので、そこで作業をして電車に飛び乗る。

大月駅は、ログキャビンを模したデザインの駅舎になっていて、富士急ハイランド行の富士急行線の始発駅でもあるので、土日は行楽客が多い。

今日は平日なので、地方都市らしい長閑《のどか》な雰囲気があった。

小山田議員後援会事務所を訪れる。ここは、常設事務所だが、後援会員が常駐しているわけではなく、交代で誰かが定期的に掃除をして空気を入れ替えているようだった。

「あ、どもども。わざわざ東京から？」

「急なアポイントメントで、申し訳ありません。三ヵ月後の衆議院選で、若手議員を中心に取材をしておりまして、全国を飛び回っております」

名刺交換をしながら、ぺらぺらと嘘をつく。

人のよさそうな後援会員の嬉しそうな顔を見ると、チクリと胸が痛んだ。

「写真を撮ってもいいですか？」

「どうぞ、どうぞ」

前回の選挙で当選した際の万歳三唱の写真、必勝と書かれた達磨《だるま》に目を入れている写真、それらをデジカメで撮ってゆく。

肝心の手形は、事務所の片隅にひっそりとあった。

「力士の手形かと思いましたよ」

それを写真に収める。拡大してもう一枚撮影した。

「小山田先生は、元相撲部だったんですよ。体も大きいのです。元気で活発な少年でした」

私が頼みもしないのに、大学の相撲部時代の写真が載っているアルバムを持ってきてくれた。私はそれも撮影した。

ぶつかり稽古で出来た胼胝《たこ》が肩にあって、まるで神輿《みこし》担ぎの『担ぎ胼胝』のようになっていた。真面目な性格なのだということが知れる。

「強かったんですよ。小山田先生は高校国体で優勝したこともあるんですが、膝靭帯《じんたい》を痛めて、力士の夢は断たれてしまったのです」

こうした、些細なことを脳内にメモする。この情報が後で生きてくることもあるのだ。

後援会事務所を辞して、大月駅に向かう。後援会の方には、

「選挙近くなったら、雑誌で特集を組みます。この住所に、見本誌をお送りしますね」

と嘘をついた。近所の農家らしき後援会の方は、にっこりと笑って私に握手を求めてきた。六志警部と違って、力強い握手だった。

新宿行の特急『かいじ』待ちの間、明智先輩に連絡をした。画像データはメールで送る。メモ代わりに、後援会の方との会話を箇条書きにして送った。

『可哀想に、来ない見本誌を待つことになるな』

「仕方ないですよ、小山田がクサいって言いだしたのは、明智先輩ですよ」

『あとは六志警部に指紋照合をお願いしよう。小山田の指紋がデータに残っているといいのだけど』

背乗りに関して、私は懐疑的だった。小山田の父親は大手商社の現役の役員でエリート。母親は地元の大地主の娘だった。

そんな二人と大学卒業まで同居している。両親にも気づかれずすり替わるなどありえないことだった。

後ろの座席に人がいないことを確認して、シートを思い切り後ろに倒して仮眠の体勢をとった。

スマホの着信音が鳴ったのは、その時だった。

私は倒したシートを元に戻し、デッキへと移動しながら、通話ボタンをタップする。杉沢の婚約者、相田紗子からだった。

杉沢が失踪してから、暗い声だったのに、今は弾けるように明るい。

『磐田さん！　ありがとうございます！』

「え？　何のことですか？」

『とぼけちゃって、磐田さんは相変わらずですね』

　相田がコロコロと笑った。

『杉沢さんから連絡があったんです。無事でした。取材先で怪我《けが》してしまって、スマホも壊れて、連絡がつかなかったらしいんです』

「ちょっと待って、相田さん。それ、本当に杉沢なのかい？」

『少し声がかすれていましたが、杉沢の声でした。ぎこちない喋り方は、頭を打ったせいですって。一時的な障害らしいです』

　さぁっと血の気が引いた。私を仕留め損ねたこと。六志警部が、行政書士の久我に対して何かアクションを起こしたこと。それで、ウズガラーヤの真の暴力装置が動いたのかもしれない。

『彼が入院している病院に、行ってきます。河辺市立病院らしいです。生命保険会社の方が迎えに来てくれます』

「まって！　相田さん、行ってはいけない！　それは罠《わな》です！」

『何言っているんですか、磐田さん。これから、骨をビス止めする手術があるので保証人が必要とかで、行ってきます』

「待って！　相田さん！」

通話はそこで途切れた。杉沢はもう死んでいるかもしれない。その一言を相田さんに言えなかったばかりに、彼女は罠にかかろうとしている。

私の致命的なミスだった。

震える指でスマホをタップし、明智先輩に電話をする。

『どうした？　磐田』

すぐに明智先輩が電話に出る。

「相田さんが、私のせいで、罠に！」

『落ち着け、馬鹿。深呼吸だ』

叱咤《しった》されて、少し落ち着く。言われた通り深呼吸をした。

『話せ。相田さんがどうした？』

「彼女から連絡がありました。杉沢が見つかったと言っています」

『まずいな』

「私が、杉沢はもう助からないかもしれないと、言えなかったばかりに」

『泣き言はあとだ。今は打てる手を探ろう。磐田、今は新宿に移動中だな』

「あと一時間で到着します」

『わかった。六志警部には私から連絡を入れておく』

「相田さんとの会話の音声データをとってあります。明智先輩に送ります」

『よろしく頼む』

「相田さんは河辺市に向かっています。六志警部が途中で保護できればいいのですが……」

『それに期待しよう』

仮眠するどころではなくなった。手を見たら、まだ震えていた。今度は恐怖からではない。逆上するほどの怒りからだった。

叫び出しそうになって、辛うじて堪《こら》える。こんなことをしたら私が不審者になると判断する程度の理性は残っていた。

——なんなんだ、あいつら！　相田さんに何かあったら、許さないからな！

指関節が白くなるほど、拳を握っていた。手の震えは、いつの間にか止まっていて、熾《おき》火《び》のように怒りが胸の底を焦がしていた。

新宿駅到着の連絡を明智先輩にする。

『六志警部と連絡がついた。過去の事案から彼は面が割れている可能性があるので、部下の多久警部補が河辺市立病院に張り込んでくれるらしい』

その話を聞いて胸をなでおろす。駅の壁に寄りかからないと、へたり込みそうだった。

これで無事保護してくれれば、最悪の事態は避けることが出来る。

「持ち去られた杉沢のPCの解析が終わったのでしょう。杉沢は厳重にノートPCをロックしていました。おかげで、猶予ができましたね」

『相田さんが呼び出されたのは、メールなどの暗号化も突破されたということだ。我々の面も割れていると考えた方がいい』

「今まで以上に慎重に動かないといけませんね」

『当然だ。父が心配して、どうも海外の民間軍事会社《PMC》を雇ったようだ。海外の明智グループ農園の警備についてくれている連中だな』

「まさか、銃で……」

『知らん。だが、日本の警備会社では『幽霊』どもには対抗できないからな』

「民間軍事会社の件は、六志警部には言えませんね」

『口を滑らすなよ、磐田』

「わかってますって」

明智先輩の実家は、タワーマンションの最上階にあった。ワンフロアを占有していて、専用のエレベーターまである。警備員用の詰所があるが、今は警備会社から民間軍事会社に一時的に代わっているのだろう。

ここまで厳重に守られていたら、ウズガラーヤの『幽霊』どもにも手は出せないはず。

私が川崎市の港湾ヤクザに使ったメソッドがどこまで『幽霊』に通用するか、試してみないとわからないが、私が立ち上げるサイトのおかげで、彼奴らは忙しくなるはずだ。

あと三日、長くて五日で叔父のボロアパートからの郵便物転送が始まるので、それを待って戦闘開始だ。

亀戸駅の大型ショッピングモールの電気店で買ったのは、訪日外国人用のプリペイド式SIMカードだった。

外国人がSIMカードを契約する場合、パスポートや在留カードが必要だがこのプリペイド式には不要だ。つまり、誰でも買える代物で、匿名性が高い。

このSIMカードを差し込んだスマホを使って、人気上位三位までのSNSに叔父の個人情報とメールアドレスを用いてアカウントを作った。

アカウントには当たり障りのない「これから始めます」という挨拶だけ書き込んでおく。

アイコンは、フリー素材の猫の映像にしておいた。

初投稿は、撮りためていた野良猫の画像にメルヘンチックなメッセージを書き込んでおいた。

あっという間にポジティブな評価がつき、フォロワー数も増えてゆく。

早速メッセージも寄せてくれる人も出てきて、一つ一つに丁寧に答えていった。

同時にフォロワー数を工作してくれる完全に規約違反なサイトに接触して、叔父のキャッシュカードを使って、徐々にフォロワー数が増えるような工作を依頼する。

短期決戦なので、悠長にフォロワーを増やす余裕がなかったからだ。

これが呼び水になって、工作以外のフォロワーが増えると読んでいる。

『あなたは、ウズガラーヤという国を知っていますか？』というＨＰに誘導するためのゲートウェイだ。

キャッシュカードの引き落とし先になる銀行は、叔父の成年後見人が管理するメインバンクとは別の銀行に私の貯金の一部を移しておいた。

暗証番号は、叔父のキャッシュカードに付箋で貼ってあるという体たらくだったので、把握は出来ていた。

しばらくは、何処《どこ》にも発表しないまま撮りためていた野良猫の映像や動画の投稿がメインになる。これが無難な投稿なのだ。

不特定多数の人々とやりとりしていると、だんだん気持ちよくなってくるのを感じる。

なるほど、これでもっと反応を引き出したくなって、馬鹿なことをしでかす動画をＵＰする頭の悪い連中が出るわけだ。

フォロワー数がケタちがいの明智先輩がフォローしてくれたので、彼女のフォロワーがどっと流れ込んでくる。

一人でも多く『あなたは、ウズガラーヤという国を知っていますか？』に誘導するため、多くの人々に見てもらいたい。これが、ジャーナリストの戦い方だ。

川崎市の港湾ヤクザを弱体化させたのは、彼らの悪行を告発するサイトを作って炎上させたからだった。

次々とまとめサイトが立ち上がり、投稿者の一人を恫喝《どうかつ》した港湾ヤクザが神奈川県警に検挙され、川崎市に平和が戻ったという経緯があった。

それを再現するつもりだった。


明智先輩から連絡が入った。

私が作ったアカウントを見たらしい。念のため、本当に私が作ったのか確認したというところだろう。

『猫アカウントと思わせるところは、なかなかいいぞ』

「明智先輩と連動させやすいと思いまして」

『そうだな、頃合い見て、フォローしとく。うちのフォロワーは、料理アカウントと猫アカウントがほとんどだからな。そこから流れると思う』

「中東料理も記載しておきますか？」

『そこまでいくとわざとらしい。猫だけでいいよ』

「アンドロメダちゃん、人気ですからね」

真っ白なメインクーンの名前は『アンドロメダ』といった。栄養十分だったせいで、尻尾も含めると百七十センチもあった。明智先輩のアカウントには、アンドロメダちゃんのファンも多い。

ファンの皆はギリシャ神話からとった名前だと思っているが、『宇宙戦艦ヤマト』に出てくる戦艦の名前からであることを知らない。明智先輩は、熱狂的なヤマトファンだった。

「アンドロメダちゃんに、よろしくお伝えください」

『お前も気をつけろと言っているぞ』

明智先輩は、アンドロメダの通訳という特技もあった。

殺伐としたここ数日、久しぶりに笑ったような気がする。私の声が暗かったので、明智先輩が気を使ったのかもしれない。口調はぶっきらぼうだが、そんな優しいところが彼女にはあった。

「なんで結婚しないのかな?」

世の中の男は見る目が無いと思う。私も含めて。

第八章

1

明智から連絡があった。磐田に杉沢の婚約者である相田から杉沢の居場所がわかったと連絡があったらしい。

杉沢が厳重に防備していたPCのパスワードが解析され、中身を見られたということだろう。

三日間、パスワードが破られなかったということは、杉沢はかなり頑張ったことを示している。おかげで、明智と磐田は防備を固めることが出来た。杉沢が命を懸けて稼いだ時間だ。

杉沢がウズガラーヤについて調べていたことはバレていた。ウズガラーヤの実行部隊である『幽霊』が動いたことを考えると杉沢は、けっこう重要な情報を掘り当てていた可能性がある。

ウズガラーヤは、この情報がどこまで拡散しているのか、『幽霊』を動かしてまで知りたがっている。

杉沢の交友関係を当たって、次々と拉致して聞き出すつもりだ。

磐田は真っ先に標的になった。相手が使い走りのチンピラだったので、助かった。本気を出した『幽霊』だったら、磐田はどうなっていたかわからない。

ウズガラーヤに、明智、磐田の名前は漏れた。明智は有名人なので、顔と居場所はバレているだろう。だが、厳重なセキュリティで守られたタワーマンションから一歩も外に出ない。両足を骨折してリハビリ中だからだ。

磐田はかつて公安も探し出せなかった左翼活動家御用達の安宿『あわや』に逃げ込んでいる。

この場所の強みは、左翼系団体のネットワークに組み込まれていることだ。周辺に異分子が入り込むと、目立つ。それで、公安は手を焼いた。ウズガラーヤの『幽霊』も迂闊に手を出せないだろう。

そもそも、この場所に磐田が逃げ込んだことすら掌握していないはずだ。

事情を知らない相田は、無防備だ。『幽霊』は、そこを衝いた形だった。

俺は、網野、佐藤、小倉の三人が探り当てた河辺市内のヤード監視から離れられない。このヤードは、行政書士の久我の護衛についていた人物が向かった場所だ。俺はここが『幽霊』の詰所の一つだと確信している。

明智からの連絡を受けた直後、俺は『分析班』に電話をかけた。多久が泊まり込みで磐田が私書箱から回収したデータの解析をしているはずだった。

『今度は、なんすか？　班長』

「河辺市に向かってほしい」

『えぇ……。嫌ですけど』

多久は内勤の方が気が楽なのだと宣言して、外回りをしない。

「人の命がかかっているんだ。女性を一人保護してほしい」

『狡《ずる》いなぁ。ボクに英雄願望があるのを知っていて言っているでしょう？』

「頼むよ」

『わかりました。人着《にんちゃく》を送ってください』

俺は明智から送られてきた相田の人相を多久に送った。着衣の情報はなかったので、その旨を伝える。

『なかなか美人ですね。すこしやる気が出てきました。河辺駅の監視カメラを遠隔で利用できるように頼んでみます』

「彼女は群馬県在住だ。すぐ出発したとして、あと一時間ほどで河辺駅に到着するはずだ。間に合うか？」

『大丈夫です。拳銃は所持したほうがいいですか？』

「その方がいい」

『ところで班長は何やっているんですか？』

「河辺市内のヤードの一つを監視中だ」

『ああ、公機捜《こうきそう》のドローン部隊ですね。ボクそっちの方がいいなぁ』

「危険な相手なんだよ。俺が張り付いていないと、技官さん達には手に余る」

『阿仁さんは外国から帰ってこないし、分析班はあと二、三人ほど増やした方がよくないですか？』

「外事四課は人員削られているんだよ。無理だ」

『さて、捜査車両の用意が出来ました。そろそろ進発します。河辺駅周辺についたら連絡しますね』

ドローンで監視しているヤードには、工事現場で使われるプレハブが置かれていて、そこが詰所兼住居になっているらしい。

個体識別できたのは十二人で、いずれも若い。ウズガラーヤ人は若く見られる傾向があるが、俺が見たところ十代後半が中心だった。

煙草を吸いにヤード内に出てくる以外は、ほとんどプレハブの中で過ごしている。

「カメラの映像、精密だな」

静音ドローンは二百メートル上空でホバリングしている。そこからヤード内を撮影しているのだが、プロのカメラマンが望遠レンズで撮影しているのと遜色はない。

「日本は外国に色んな分野で技術的に劣るとマスコミさんに報道されていますけれど、軍事に転用できる分野で、本当のことを発表するわけなどないですよ」

ドローンを分解掃除しながら、小倉が言った。自衛隊内での階級は三尉。出向先の警視庁では巡査部長だった。

「特に、このプロペラと電気モーターとバッテリーといった駆動系。あとは、デジタルカメラの性能なんかは『中国に抜かれた』とか報道されていますね。事実はお察しということで」

浅く笑いながら、小倉が説明する。ＰＣに向かってＡＩのコードを調整していた佐藤が口を挟んだ。

「映像のデジタル化ですが、警視庁の技術より自衛隊さんは数段進んでいますよ。感熱映像まで撮れます」

「壁を貫通して、何処に誰がいるかわかるってことか？」

「そうです。対物ライフル使えば、『壁抜き』できますからね。湿度計、温度計、風力計を搭載したドローンを観測手に使う実験も進んでいますよ」

　佐藤の言う『壁抜き』とは、一人称視点のガンシューティングゲーム、通称ＦＰ《ファースト・パーソン・》Ｓ《シューティング》で、壁越しに撃つことを言うらしい。俺はゲームをやらないのでよくわからないが。

　自衛隊は近年、一見自衛隊に関連なさそうな外郭団体に助成金を出して、ＦＰＳゲームのコンテストなどをしている。こうしたコンテストは、世界各国で行われていて、『ｅスポーツ』として知名度を上げている。

「遠隔操作のドローン兵士の操縦者スカウトだって言われていますよ」

「そんなことないっすよ」

　佐藤がからかい、小倉が即座に否定した。条件反射的な否定は、嘘のサインなので、本当にスカウトをしているのかもしれない。まぁ、こんなのは都市伝説の類だが。

「今までは苦労して車で張り込みしながら、望遠レンズで被疑者の面を割ったものだが、技術の革新で必要なくなったな」

「最低限の人数で、安全に追跡が出来て、ドローンを整備する偽装トラックがあれば、こうして遠隔で張り込みも出来る。まさに捜査手法の革命ですよ」

自衛隊からこの技術を持ちこんだ小倉が控えめに自慢する。

「俺なんかは、ついていけない時代になるな。過去の遺物だ」

「いえいえ、六志警部のような、経験則からくる現場の判断あってこその、ＡＩですし、ドローンですから」

張り込みはモニタを見るだけ。今後は、窮屈な車内や埃《ほこり》だらけの空き部屋で、汗まみれになることはなくなるのかもしれない。

「そろそろＡ機のバッテリーが切れるよ。Ｂ機を出して。Ａ機帰投したら、操縦手交代の時間だよ」

網野が疲れた声で言う。佐藤が、副操縦手の席に座り、小倉が充電済のバッテリーを嵌《は》め込んだドローンを用意する。一見普通のドローンと変わらないのだが、プロペラやモーターやバッテリーなどが、機密の塊なのだろう。

小倉は、昇降ボタンを押す。天井の一部がコンテナ内に降りてきて、Ｂ機をそれに載せた。

それが天井に向かって上がってゆく。外から見ればドローンが屋根の上に乗っている状態だろう。

「スタンバイＯＫ」

小倉の報告に佐藤が答える。

「モーター始動。離艦します」

思ったより静かなモーター音が離れてゆく。トラックを航空母艦になぞらえているので離艦なのか。

「迷彩システム開始。あと一分で監視空域に到着」

この迷彩システムも、このドローン計画の目玉だった。ＡＩが背景を感知して特殊なフィルムで同じものを写すのだ。

これで、プロペラの一部を除いで、ドローンは空に溶け込んでしまう。音も静かだし、地上から二百メートルも離れれば肉眼では見えない。

「Ｂ機確認。これよりＡ機帰投します」

網野が操縦桿《かん》を操作する。

「六志警部、見てください。これが迷彩システムです」

網野がＡ機の姿を映すモニタを指さす。言われなければわからないほどの透明なものが、やっと確認出来た。

流れ過ぎてゆく背景をAIが計算して映しているのだ。

「これは、わからんな」

「でしょ、でしょ?」

2

『現着です』

多久から電話があった。河辺駅の駅長と面談し、駅の監視カメラの映像を提供してもらうことになったそうだ。

色々と問題のある男だが、多久はこうした交渉事をそつなくこなす。

『病院には近づかない方がいいですよね?』

「そうだな、相田誘拐のチームが待ち伏せしている可能性がある。まぁ、駅にもいるかもしれんぞ」

『電車でくるとは限らないですからね。罠のすぼまる病院で待ち構えるのが定石かぁ』

「磐田と相田の会話で、こっちは電車でくることがわかっている。その点は有利だな」

聞かないふりして小倉が俺の話に耳を澄ましている。公安の動きが珍しいのだろう。佐藤と網野は公安関係者だが、技官で捜査員ではない。

網野は休憩ということで、近所のスーパー銭湯に行ってしまった。近くで張り込むわけではないので、こうした芸当も出来る。時代は変わりつつある。

『駅前のコインパーキングを借りました。相田さんを確保したら、都内に向かいます。安全が確認できるまで、どこかホテルでもとりますか？』

俺は、都内の大手ホテルの名前を挙げた。ここは警察ＯＢが「外国からの賓客を迎える際のアドバイザー」として、警備担当の役職についている。

いわゆる天下りだ。天下りは批判されがちな仕組みだが、こうした時に融通がきくという利点があった。

『一度、泊まってみたかったんですよ。いやぁ楽しみだなぁ』

「根回ししておく。警備状態を確認したら、すぐ出てこいよ。交代で女性警察官を派遣する」

『危険にさらされた美女。それを護《まも》る敏腕警察官。やがて燃え上がるような恋みたいな展開を期待していたんですが、ダメっすか？』

「ダメに決まっているだろう。英雄願望もいいかげんにしろ。何か進展があったら、連絡してくれ」

多久は声が大きいので、スマホから会話が漏れ聞こえていたのだろう。小倉がぽかんと口を開けてこっちを見ている。

「何か、アメリカの刑事ドラマの会話みたいですね」

「アイツが特別なんだ。普通はこんな会話せんよ」

小倉が我慢できずに笑った。俺はこめかみを指で揉んだ。

俺は、長尾課長代理に『S』保護の要請を出した。公安の協力者《ヒューミント》の管理は分析班の仕事なので、嘘ではない。その対象者が誰なのか、聞かないのも不文律となっている。保護の際の護衛の女性警察官も手配を頼む。警備部から誰かを派遣すると約束してくれた。その女性警察官は、相田と一緒の部屋に滞在することになる。

護衛と同時に、ホテルから抜け出さないかの監視を兼ねていた。

「河辺駅の上空にドローンを飛ばしましょうか？」

銭湯から帰ってきた網野が提案してくれる。

「そうしてもらえると助かるが、ヤード監視が手薄にならないか？」

「短時間なら大丈夫ですよ。ここから河辺駅まで直線で一キロ半。うちの子なら約一分で河辺駅上空につきます」

侮っていたが、ドローンは時速九十キロメートルも出るらしい。

「高速モードだと、静音性が落ちてしまうんですけどね」

多久に連絡を入れる。

「相田を発見したら連絡をくれ。ドローンを一分で派遣する」

『いいすね。ウズガラーヤとの戦闘は避けたいので、上空からの監視はたすかります』

網野が整備と充電を終えたA機を天井から引き下ろしたタラップに載せる。

「相田って女性は、気が急《せ》いているんですよね？　なら、高崎から電車に飛び乗ったとして、もう到着するはず。飛ばしちゃいましょう」

タラップが上って、網野が操縦手席につく。

「離艦します」

モーター音が遠ざかってゆく。

やがて、網野が操縦するA機の映像がモニターに映し出された。

「河辺駅上空百五十メートルです。迷彩システムが作動していますので、誰にも気づかれません。どこを監視しますか？」

多久は駅舎の中で待機している。その中に怪しい人物はいなかったようだ。

拉致には車を使うはず。彼らの拉致の手口は、対象者のすぐ横にワンボックスカーをつけて、スライドドアを開けて中に引きずりこむというもの。

素早すぎて、通行人はその犯行に気付かない。危機感のない日本人ならなおさら。そんな犯罪が行われるわけがないというバイアスがかかっているのだ。

拉致犯の気持ちになって、周囲を観察する。どの交通機関で河辺市に来るのかわからないウズガラーヤ側は、必ず相田が接近する病院に主力を置く。駅とバス停は少人数で車を潜ませる。

病院のように広い駐車場は河辺駅周辺にはない。多久が駐車したコインパーキングがあるが、監視カメラがついているので避けるだろう。

そうなると、場所は限られる。

「この辺りを、ズームできるか？」

網野に注文する。俺が指定した箇所をドローンのレンズがとらえる。

駅前ロータリーから外れた場所に工事中の解体現場があり、中東人らしき作業員がいた。警備もつけず、粉塵《ふんじん》防止の覆いもつけず、錆《さ》びだらけのトラックが違法に路上駐車をしているのは、河辺市では当たり前になりつつある光景だが、汚れていないハイエースらしき車が駐車していた。異質だった。

「これだ」

俺が指摘すると、網野が質問してきた。

「なんでわかったんですか？」

「解体工事に必要ない車両であること、整備不良のボロではないこと、誰も乗っておらず積み荷もないのに、タイヤが沈んでいること。それを踏まえて類推したんだよ」

佐藤が口を挟んでくる。

「ＡＩに学習させたいんで、解説していただけますか？　タイヤの件」

「車内に防弾の鋼板が仕込んであると、車体が沈むんだ。多分、窓も防弾仕様だと思うぜ」

「なるほど」

佐藤がメモしている。こういう知識の積み重ねがＡＩの精度を上げるのかもしれない。

「あとコイツだな」

作業員でもないのに、スマホを弄りながら現場をぶらぶらし、煙草を吸っている若い男がいた。おそらく運転手役だ。

「駅周辺の防犯カメラの死角に立っている奴……コイツとコイツ。実行犯役だな」

「勉強になります」

「相田さんを確実に押さえるなら、駅舎内の方がよくないですか？　多久さんのように」

網野が質問する。俺ではなく佐藤が答えた。

「駅舎内に複数防犯カメラがあるだろ。死角もほぼない。『幽霊』どもは、カメラを嫌がるんだ」

「あ、そうか！」

役に立たないと批判されがちな防犯カメラだが、こうして悪い連中の行動の選択肢を狭める役に立っている。現代のプロの犯罪者は防犯カメラの位置の確認からはじまる。

「そういう目で見ると、異分子が浮かび上がってくるんだよ」

新人捜査官の古里を指導していた頃を思い出して、チクリと胸が痛んだ。

いや、これは、熾火となって胸の底にくすぶっている怒りだろうか。

「これなんか、怪しくないですか？」

キャップを目深にかぶっている男が電信柱に寄り掛かっている。佐藤が、その人物をズームした。

「耳が出ていれば、照合できます」

拡大した画像は、驚くほど鮮明で改めて驚く。

『相田さんを視認しました。保護します』

河辺駅の改札口で張り込みをしていた多久から連絡が入ったのは、その時だった。

3

スマホを通話状態にしたまま、多久が相田に接近する。

『失礼します。相田さんでいらっしゃいますか？』

『え？　はい、そうですけど……』

警戒心剝《む》き出しの相田の声が聞こえた。

『警察です。ちょっと、駅員室でお話しさせて頂きたいんですが』

駅員室とワードを出したことで、相田の警戒心がやや解かれたようだ。だが、警察と名乗った時点で一般人はかなりのストレスを感じるものだ。

『警察？　身分証を見せて頂けますか？』

震える声で相田が言っているのが聞こえた。

『もちろんです。こちらになります』

多久が身分証を提示しているのがわかった。

『警視庁？　ここ、埼玉県ですよね？』

『事案の大本が東京だったので、出向いています。ここで話すのも何なので、駅員室にいきませんか？』

『はい、わかりました……』

移動する足音が聞こえる。

『駅長さん、場所提供ありがとうございます』

『ああ、刑事さん、奥の休憩スペースを使ってください』

そんな会話が聞こえた。鉄道会社は警察に協力的だ。

『申し上げにくいのですが、杉沢さんは事件に巻き込まれている可能性がありまして……』

多久が切り出す。

『事件って……、交通事故なんですよね？』

『いえ、ちがいます。杉沢さんは何者かに拉致監禁されている可能性があるということで、捜査を進めています』

『でも、声を聞きました！　本人から』

『合成音声かもしれません。人を一人拉致するような危険な連中です。なので、ボクはあなたを保護しに来ました』

『保護……』

　多久がゴソゴソと紙袋を探っていた。

『これを目深にかぶってください』

　キャップを手渡したのだろう。

『マスクはありますか?』

『持っています』

『では、着けてください』

　これで、張り込みしているウズガラーヤの工作員に発覚する可能性は下がる。

『お嫌かもしれませんが、ボクと腕を組んでください』

『どうしてですか?』

『犯人が捜しているのは、一人でこの駅を出る若い女性です。カップルを装えば、相手の目を誤魔化せる可能性が高まります』

『わかりました……』

　相田のため息が聞こえた。

『リラックスしてください。動きが不自然にならないように気を付けて』

『はい』

『ここから、コインパーキングに向かいます。そこでボクの車に乗れば、危険度は下がります。あとは、都内のホテルで、女性警察官にバトンタッチです』

相田の緊迫感が伝わってくる。

歩く物音が聞こえてきた。荒い多久の息遣いも聞こえる。

『下だけを向いて、周りを見ないでください』

多久が囁く声。ドローンからの映像で、やや速足で歩く男女の姿が見える。

電信柱に寄り掛かっていた男が、身を乗り出して、二人を凝視しているのがわかった。

ポケットから写真を取り出して、見比べていた。

男の手が懐に伸びる。

『多久！　バレた！　走れ！』

俺とつなぎっぱなしのスマホに怒鳴る。

男が何かを喚《わめ》きながら、走り出した。手にはＳＩＧらしき拳銃が握られていた。

多久が相田の手を引っ張りながら、走る。相田を車の助手席に押し込むようにして、乗車させる。

多久が懐からリボルバーのＳＡＫＵＲＡを抜く。車の屋根に腕をのせ、警告射撃無しで二発発砲した。

ドローンは音声を拾わないが、銃口が二度跳ね、マズルフラッシュが瞬く。

走っていた男は、身を低くして応射した。こちらも二発の発砲だった。ダブルタップという軍隊式の射撃だった。

多久が借りてきたのは、護送用の捜査車両だった。窓ガラスは防弾仕様になっている。その窓ガラスに二個の着弾痕がつく。

多久が二発応射した。電車から降りて、ロータリーに降りてきた中年男性が、ぽかんとした顔で棒立ちになっている。

「バカ、伏せろ！」

モニタを見守っていた小倉が吐き出す。銃社会ではない日本人の反応はこんなものだ。スマホを取り出して、撮影を始める始末だった。

多久が、最後の一発を撃つと、運転席に乗り込み、発車させた。トヨタＮＯＡＨだが、窓ガラスのほかに、エンジンも強化されていた。

飛び跳ねるようにコインパーキングを飛び出し、駅前ロータリーから県道に走り出る。

ウズガラーヤの車両が、待ち伏せしていた男の脇に止まったが、男は首をふり、どこかに電話をかけている。

カーチェイスなど、目立つ行動はとれないということだろう。

運転手役、待ち伏せ役、二人の映像をドローンが記録している。

「街中で、拳銃を撃つとは……」

小倉が絶句していた。

「市街地で爆弾を使おうとする奴らだぞ。セムテックス見ただろ?」

「テロリストじゃないですか」

佐藤が舌打ちして呟く。

「テロリストだよ。テロの対象がいまいちわからんが」

ウズガラーヤには主義主張がない。宗教的な熱狂もない。ただただ不気味なだけだった。

『久しぶりに、汗かきました』

多久が通話を再開する。

「無事でよかった」

『車に穴開いちゃいました。いきなりぶっ放してくるとは』

「相田さんは無事か?」

『さっきまで泣き喚いていましたが、今は放心状態ですね』

「銃撃戦に巻き込まれるなど、日本ではありえないからな。無理もない」

『ここから、尾行の有無を確認しながら、大回りでホテルに向かいます。班長、貸し一ですからね』

「わかった、わかった」

多久との通話を終える。彼は抜け目がない。Nシステムがあるルートを選んで都内に戻るはずだった。

「六志さん、問題発生です」

安堵《あんど》のため息をついていた俺に、耳の映像を照会していた網野が暗い声を出した。指紋ほどではないが、耳の形は個人特定出来るので、積極的に撮影する。

「どうした」

網野が、モニターを指さす。

「監視中のヤードに、二十人のメンバーがいますよね？　買い物に出た一名を除いて、誰も外出していないはずなのですが……」

河辺駅で張っていた、待ち伏せ役と、運転手役。ヤードに残留しているはずが、多久と撃ち合いをしていたのだ。

「どういうことだ？」

「飛行ドローンの性能の限界です。地下通路は、発見できません」

監視している我々に知られずに、出入りする手段を彼らは持っていることになる。

「秘密の地下通路……確かに、彼奴らの故郷では定石だったな」

これに手を焼いた米軍が開発したのが、地中貫通爆弾、通称『バンカーバスター』だった。

もちろん、警察にはそんな装備は無い。自衛隊にもない。

「安全な地下通路をつくるのは、簡単じゃありません。コイツら、何年前から準備していたんでしょうね？」

ため息交じりに網野が言う。

「少なくとも十年。上手く隠れていたら、もっと長いかもな。他の中東諸国の偽造パスポートで入ってくるんだ」

「で、難民申請ですね」

「子供を盾にするんだよ。これは、『アンカーベイビー』と呼ばれる古くからある手だ」

子供がいるから可哀想だと左翼系弁護士やNPO法人が騒ぎ、役所にごり押しする手法だった。なぜか司法も甘い判決を下す。

海外では通用しなくなったが、日本ではまだ通用する。

「調べることが多くなった。たしか、頓挫した『ジオフロント計画』が、この周辺であったな？」

網野と佐藤が首を傾《かし》げた。ジオフロント計画とは、地下に商業施設を作る都市計画のことだ。コストがかかるので廃れた。

「おぼろげな記憶がありますが、埼玉県でしたっけ？」

「俺も覚えていない。調べよう」

小倉が口を挟む。

「どこから調べます？　国交省ですかね？」

「いや、公安は国交省を避ける傾向にある。情報漏洩のリスクがここ数年で高まっているんだ。俺は地雷を踏みたくない」

「国家公安委員長が、左翼活動家だった頃に比べれば、マシですけどね」

佐藤が乾いた笑い声を上げる。まぁ、あの頃に比べれば、今はまだマシだ。ずっとマシだ。

明智と磐田にも依頼しようと、俺は考えていた。今、彼女らと俺は運命共同体なのだから。

俺はまず、磐田にメールを送り、次いで明智にメールを送った。

相田を無事保護した報告と、調査協力の依頼だ。彼女らはこうした案件を掘るのが上手い。

電話が入る。今日はやたらと連絡が入る日だ。番号を見ると、鑑識からだ。何を頼んでいたのか失念していたが、明智から頼まれて小山田衆議院議員の指紋の照会をしていたことを思いだす。

『ご依頼の指紋・掌紋ですが、データベースにありませんでした』

たしか、磐田がわざわざ大月まで行って、色紙の手形を撮影したはず。それに小山田議員は高校生の頃、暴行傷害事件を起こして指紋をとられている。指紋データベースの検索で一致するはずだった。

「確かか？」

『二度検索しましたが、やはり一致しません』

「大月警察署からのデータに限定してみたかい？」

『はい、山梨県全体で検索しました』

「ありがとう。送った指紋はデータベースに記録しておいてくれ」

『了解です』

指でこめかみを揉む。ズキズキと目の奥が痛んだ。

第九章

1

ひたすら続くＳＮＳでの交流に、私は少々吐き気がしていた。

頭の隅に、相田さんが危険な連中に拉致されるかもしれないという不安が常にあり、なかなか作業に集中できないのが原因だった。

ＰＣに張り付いて、ひたすら何かを書き込む人物は多いが、とてもじゃないが、真似できない。私は『仕事』と割り切っているから出来る。

廃人を意味するニックネームが彼らにはつけられているが、概ね同意だ。

いい加減ＰＣのモニタから目を離したいと思っていた時、六志警部から連絡が入った。

『相田さんだが、無事保護出来た』

私は、その一言で安堵のあまり体中の力が抜けた。

「そうですか。ありがとうございます」

婚約者の杉沢が「もう死んでいるかもしれない」という一言を告げられなかったばかりに、相田さんは拉致されるところだった。もし、拉致されていたら杉沢から何を聞かされているか、拷問されたうえで聞き出され、殺されていただろう。

『公安の協力者を保護する施設に到着したという連絡があった。訓練を受けた女性警察官が護衛につく。相田さんは、もう安心だ』

猫の画像や動画で溢《あふ》れるモニターが、ぐにゃりと歪《ゆが》む。泣いているのに気が付いて、私はあわてて涙を拭い鼻をすすった。

『泣くな、磐田。戦いは始まったばかりだ。ヤードの張り込みも進展があってね。明智さんと三人でリモート会議でもしよう』

「そうですね。こっちがやろうとしていることも報告しないといけませんね」

一日中SNSにはりついている廃人を演じることから離れたいと思っていたところだった。

六志警部が十三時を指定してきた。リモート会議のアドレスがすぐに送られてくる。

こうした操作が苦手な六志警部にしては、手際がいい。おそらく、公安機動捜査隊の技官が助けてくれているのだろう。

　私はＳＮＳに、

「これから、本業の会議がありますので、しばしお別れです」

と、打ち込んで専用に割り当てたノートＰＣの電源を切った。解放感に深いため息が出る。

　昨夜から何も食べていないことに気付く。いつの間にか朝になっていることに驚きがあった。

　都電荒川線三ノ輪駅近くにある大勝湯に向かう。古びて物悲しくなる銭湯だが、朝十時から営業しているので、便利だった。

　開場と同時に入店する。当然ながら、スマホ等は使用禁止だ。ＳＮＳから離れることが出来るので、私にとっては一種のデトックスになる。

　湯に浸かりながら、これからやるべきことなどをぼんやり考えているといつの間にか眠っていたらしい。ＨＰに誘導するためのアカウントを開設してから、断片的にしか眠っていない。その疲れがたまっていたのだろう。

　鼻から湯を吸いこんで、咽ながら飛び起きる。かつて、色鮮やかだったであろう今ではすっかりくすんでしまった和彫りが背中一面にある老人が、笑いながら、

「兄ちゃん、溺れるなよ」

と、言っていた。

「そうですね。気を付けます」

頭を掻きながら湯船からあがり、体を洗う。顔も体も脂ぎっていたので、石鹸で洗い落とすと生まれ変わったような気分になれた。脳内もリフレッシュ出来ている。

大勝湯を出る。ジョイフル三の輪商店街は、もう開店している店が多く、私は『パンのオオムラ』で、コロッケパンとヤキソバパンを買って『あわや』に帰った。

小型冷蔵庫から、ペットボトルのお茶を出して、からからに渇いた喉に流し込む。

そしてノートPCを立ち上げ、杉沢が残した資料をもう一度見る。

この情報で、杉沢が消え、私は殺されかけ、相田さんは誘拐されそうになっている。

相田さんが無事保護されたとわかった途端、『不安感』に代わって私に芽生えた感情は『怒り』だった。

「なんであんな奴らに怯えなければならないんだ?」

思わず声に出た。大口でヤキソバパンを噛み千切《ちぎ》り、お茶で流しこむ。

我々三人以外でも、研究者や自治体職員が行方不明になったり、不自然な事故死や自殺などが続いている。

陽の当たらぬ場所で、今までとは異質のテロリストがうごめいていて、そのことをほとんどの日本人は気付いていない。

六志警部のような、防諜に携わる人物すら気付いていなかったのだ。

「十年以上前から」

彼らの浸透はそんな前から始まっていた可能性があると、六志警部は言っていた。危険度は高くないという評価だったので、優先順位が低かったとも。

適正に運営され、地域貢献度も高い『ＮＰＯ法人日本イスラム友好協会』はまともな団体だが、そこに紛れるようにして浸透しているのがウズガラーヤだ。

「国家として認められていないウズガラーヤが協会に加わることはよくない。テロ支援の噂もあるので、イメージダウンにつながる」

と主張していた役員は、轢き逃げ事故で死亡している。犯人は未だにつかまっていない。

杉沢が調べていたことと、こうした細かいピースを繋《つな》ぎ合わせると、悪意が浮かび上がってくる。

杉沢が名前だけ挙げて、これから調べる予定だったものに、超党派の議員連盟『中東問題議員連盟』がある。

なかなか検索にひっかからない不思議な団体で、今は名簿を漁っている段階だった。わざと検索ワードにひっかからない小細工がされているらしい。杉沢が苦戦していたのはこれが理由だった。

『仮想専用通信網』通称『VPN』でインターネットに接続し、匿名性を高めたうえで検索しないと、正体不明のアカウントからのメール攻撃や、架空請求などをされた挙句、うっかり添付ファイルなどを開けてしまうと、ウィルスに感染してしまったりする。

杉沢はこれでノートPCを一台潰した。USBにバックアップする癖がなかったら、被害甚大になっていたところだ。

慎重に『中東問題議員連盟』に探りを入れる。結構怖い。これは、むしろ六志警部の分野かもしれないと、私は思い始めていた。

やっと、議員連盟の暗号化された名簿を手に入れる。たったこれだけの作業で、VPNから二度も『有害な広告をブロックしました』という警告が出た。おそらく警備用のBOTが仕込まれているのだろう。アクセスしようとすると自動的に攻撃するプログラムだ。

そもそもこうした議員連盟は広く活動を知らしめ、国際社会に貢献するのが目的だ。過剰な防備は本末転倒である。

「名簿が暗号化されているだと？　よくも、こんな臭いのを、見つけたな、杉沢の奴」

ここまで隠蔽《いんぺい》するならHPなど作らなければいいのだが、告示方法がSNS等となっていた。官報で各種告示を行う議員連盟は多いが、官報だと情報を隠蔽することができない。

暗号化は苦肉の策なのだろう。

暗号突破方法は、無いわけではない。

サイバー攻撃の一種『ランサムウェア』という、ＰＣ内のデータを勝手に暗号化して「元に戻してほしければ身代金を払え」と、要求する恐喝事件が多発した影響で、暗号化を解くことを生業とする技術屋がいるのだ。

私の知り合いにも一人いる。

2

指定の時間になった。

わざわざリモートで会議をするということは、図面や動画を共有するためだろう。私は密《ひそ》かに公安機動捜査隊のドローン技術には興味があった。

見せるだけでデータを送ってこないのは、私に記録をとらせないためか。基本的に公安は左派系ジャーナリストを信用していない。私は今、左派でもなんでもないが。

『お互いの進捗《しんちょく》を報告し合おう』

それが、六志警部の第一声だった。

口火を切ったのは私だった。

「敵はひたすら物陰に隠れようとしています。なので、存在を白日のもとに晒《さら》すための準備をしています」

アカウントが開示されないように、叔父の運転免許証を使って住所を偽装して、訪日外国人向けのプリペイド式ＳＩＭカードを使って電話番号を匿名に近い形にしたことを話す。

六志警部が渋い顔をしたのは、私のやったことが脱法スレスレ……いや、詐欺にあたるからだ。何も言わないのは、黙認したということらしい。

今は順調にフォロワーが増え続けており、一定の水準を超えたら開設したＨＰに『あなたは、ウズガラーヤという国を知っていますか？』という記事を連載開始する予定であることを告げた。

『ようするに、左巻きお得意のプロパカンダを垂れ流すわけだ』

「言い方がアレですが、まぁそうです。法廷闘争をするわけではないので、裏取り出来ていないことでも、百遍唱えればいいわけです」

『なるほどね』

「川崎市の港湾ヤクザの時は、この手法で戦いました。ど低能のヤクザは、何と戦っているか、どうすればいいのか、わからなかったのでしょうね。住民運動と警察が連携して利権から追放できました」

『相手が何者か分かれば、旧来通り恫喝・脅迫・暴力でなんとか出来たんでしょうけど、ヤクザを攻撃してくるのは匿名性の高い不特定多数ですからね。六志警部ならネット上で攻撃していい対象と認識されるとどうなるか、ご存じですよね？』

明智が当時を思い出したのか、クスクスと笑う。港湾ヤクザが唯一身元を分かっているのが、特集記事を書いた私で、暴力を振るうことで見せしめにしようとした。

私はいちはやくそれを察し『あわや』に逃げ込んでしまった。

ユニオン誌になぜか右翼の街宣車を乗りつけてきたが、尖《とが》った左翼雑誌だったユニオン誌はせせら笑うばかりだった。

勝手が違いすぎて、港湾ヤクザが空回りばかりをするうちに、ＳＮＳを中心に炎上は続き、まとめサイトが出来ると更に延焼する。

ついには『迷惑系』と呼ばれる悪ふざけの動画配信者まで現れ、結局港湾ヤクザは事務所を引き払ってしまった。我々の勝利だった。

「ウズガラーヤは、対サイバー部隊を擁しているらしいので、何重にも偽装を重ねています」

暴対法で牙を抜かれて弱体化したヤクザと違って、『幽霊』という暴力装置を隠し持っているウズガラーヤだ。川崎市の港湾ヤクザと同じ煽《あお》り方をしては、現地に赴く迷惑系動画配信者が危険だった。

平気で人を殺すような集団で、日本人は平和なお花畑の住民だ。用心深い杉沢でさえ、消えてしまった。

煽り方の匙《さじ》加減をどうするかが問題だった。民間人に被害が出てしまったら本末転倒である。

『私が担当の衆議院議員、小山田是政なんだけど……』

明智先輩が報告をはじめる。明智先輩の両親は都内と横浜で複数の高級レストランを経営している。政治家が会合で使うことも多く、特に政権与党の民自党の議員と親しい。

そのコネを使って、大月市から国政に移った小山田議員の背景を調べていたのだった。

杉沢が調べようとしていた人物である。

私は、大月駅前にある後援事務所まで政治記者を装って訪問し、手形の色紙を撮影していた。

『大月市議会議員、東京都議会議員、衆議院議員と、特に目立った実績も無いのにポンポンと出世した人物なのよ。で、色々調べたり噂を集めたりしたんだけど誰も彼のことを詳しく知らないの』

彼を国会議員に推薦したのは林田外務大臣とされていて、衆議院選挙の際は林田外務大臣他、大物政治家が相次いで応援演説に訪れていた。

これで、一気に小山田の知名度は上がり、古株の野党、憲民党の議員から議席を奪った形になった。

林田派閥として国政に参加したが、林田外務大臣が飛行機事故で亡くなると、派閥を抜けて今に至っている。

鴻巣会に鞍替えしてからは、色んな勉強会に顔をだして、知見を深めているらしいが、早々に林田派を切ったことで、評判はあまりよくない。日本人が嫌うタイプの裏切り者だった。

「さすが、小山田の末裔」

と皮肉を言う議員も少なくないそうだ。甲斐《かい》武田氏の譜代家老衆でありながら、武田勝頼を裏切ったのが、小山田の先祖だった。

『この小山田っていう議員、なんだか気味が悪いのよ。あちこちに顔を突っ込むのも、なんだかスパイじみていて、嫌な感じ。引き続き注視します』

明智の報告を受ける形で、六志警部が口を開く。

『その小山田だが、大月署に指紋が保存されていた。高校生の時に暴行傷害事件を起こしていたんだ。相手が被害届を取り下げて不起訴になったがね』

画面に指紋が二つ表示された。朱色は私が撮影してきた色紙のものだろう。黒色のくっきりした指紋が警察で保管されていたものらしい。

警視庁の鑑識だと、指紋は『渦状《かじょう》紋・蹄《てい》状《じょう》紋・弓《きゅう》状《じょう》紋・変体紋』の四種類に分類されている。大月警察署に保管されていた小山田の指紋は典型的な渦状紋で、日本人の五割がこれらしい。

だが、私が撮影してきた色紙の指紋は、馬の蹄《ひづめ》が幾重にも重なったような形状の『蹄状紋』だった。

『多少の誤差は出るものだが、渦状紋から蹄状紋に変化するのはあり得ない』

『つ……つまり？』

明智先輩が固唾を飲んでいる。言葉に詰まるのも珍しい。

『大月署の指紋は十八歳の頃。中国に赴任した父親に帯同した小山田が帰国したのは四年後のことだ。帰国したのは別人だよ』

「ちょっと待ってください。四年も経過すれば、男子の外見は変わるものなので、地元民は誤魔化せますが、両親はどうなのです？」

『高名な美容整形外科医が、その技術を惜しむことなく海外に伝えた。事故や火傷《やけど》で容姿にコンプレックスを感じないようにという善意によるものだ。その善意を踏みにじり、悪用する者がいたら？』

別人の小山田と一緒に帰国した両親は、整形で姿を似せた偽物ということなのだろうか？　さぁっと鳥肌が立つ。

『小山田の父親は、中国在任中に商社を依願退職し、夫婦で東京に移住した。小山田是政は北京大学を卒業後、地元大月に残って農協に就職。三年後市議会議員選挙に出た』

二十五歳という最年少の市議会議員の誕生だった。

『東京に転居した小山田の両親の行方を調べてもらっている。多分、行方不明になっているはずだ』

用が済んだので、工作員として闇に消えた……というところだろうか？

「そんな、まさか……」

絶句したが、あり得ないことではないと思っている自分がいた。

『あと、悪い知らせだ。杉沢氏の資料から、行政書士の久我に目星をつけ、奴の護衛を尾行して、潜んでいるヤードを突き止めたんだが、問題が発生した』

行政書士を脅して、登記や難民申請をしているというのが、私と六志警部の予想だった。

それで浮かび上がったのが、秋葉原に共同事務所を構える久我だ。

『ヤードを詰所にしているのが、おそらく「幽霊」。二十名全員の顔と耳を照合したのはよかったのだが、ヤードにいるはずのメンバーが、相田さん誘拐に動いたことが確認された』

静音ドローンでヤードは張り込みされていて、出入りは記録されている。

ヤードから出ていないはずの人物が、河辺駅にいたということか。

『奴ら、本国でも地下通路を使って、武器や麻薬や女性を密輸する。河辺市でも同じことをしている可能性が高い』

ヤードはまるで、武装ゲリラのアジトと化しているようだった。

『上空でホバリングするドローンでは、地下空間を探査出来ない。何か手段を考えるが、君らには調査を依頼したい』

河辺市は、ジオフロント計画があり、そのモデル地域に埼玉県から指定されていた。

六志警部は、ヤードに張り付いているので、この記録を探る時間がないとのことだった。

『わかった。小山田の疑念はもう公安案件みたいなので、任せる。あたしはジオフロント計画に傾注する』

本来ジオフロント計画は、豪雪地帯や、地上施設の地権などが複雑な場合に進められていた。河辺市にはそのようなことはなかった。不自然なのだ。

3

私はSNSを使った嫌がらせの準備を継続することになった。やっていることはほぼ犯罪だが、お花畑の日本で、いきなり拳銃をぶっ放すような連中が相手だ。性善説に基づいた正攻法など通用しない。命の危険があるのだ。

明智先輩のSNSは亡くなったコリアンラットスネークのガブリエルくんファンの爬《は》虫《ちゅう》類好き、アンドロメダちゃんファンの猫好き、本業の料理の生徒さんたちが大量に登録している。

明智先輩が、私が作ったアカウントを褒めたとたんに一気に登録者が増えていた。もう、業者を雇って偽装しなくてもいいレベルになっている。

HPに誘導するタイミングは、明智先輩の助言を受けて、三万人を突破した段階ということにしていた。それに、近づいている。

文面を注意深く組み上げる。女性の登録者が多いので、経済紙の連載でついた癖である硬い文体を避けるようにした。

参考にしたのは、大学の探検部出身の作家高野秀行氏のルポルタージュだった。アフリカの地図にない国であるソマリランドに潜入して実地体験した名著なのだが、それを模倣する。

なかなかいい導入部が出来たと思えた。

明智先輩にテキストを送って、添削してもらう。

『なかなかいい出来だと思うよ。頃合い見て、あたしのSNSで紹介もしておくね』

明智先輩のこうした回答は珍しい。私はいつも真っ赤にペンを入れられるのが常だった。

トリガーとなる三万人登録が近づいてきた。

私はHPの機能をチェックし、閲覧者からの投稿欄とプリペイド式のSIMカードを入れた私の予備のスマホと連携させる。

『三万人突破したよ、磐田。いけ!』

明智先輩から連絡が入る。

私は『あなたは、ウズガラーヤという国を知っていますか?』というHPを立ち上げ、SNSのアカウントにリンクを張った。

そして、登録者三万人のアカウントで宣伝をした。

少し時間を置いて、明智先輩が、

『なにこれ、面白い！』

と投稿すると、どっと閲覧者が増える。ＳＮＳでの注目ランキングに入ると、さらに閲覧者は増えた。閲覧数を偽装する業者はもう必要なくなっていた。それくらい伸びた。

私は業者との契約を解除し、自然増に委ねる。勢いに乗り、連載第二弾の告知をした。

投稿欄に感想が書かれ始め、それらは殆どポジティブなものだった。

「『謎の独立国家ソマリランド』のパクリじゃないか」

という意見もあったが、それは少数派に過ぎない。何にでもネガティブな投稿を投げかける人物はいるので、想定の範囲内だ。

私は、この投稿をチェックするＢＯＴを仕込んでおり、サイトを張り付けてクリックさせようとする投稿を選別する作業をさせていた。

おそらく、その中にはウズガラーヤのサイバー部隊が混ざっているのが予見できたからだ。

もちろん、コンピューターウイルスを感染させる可能性があるものなど、私はクリックしない。

逆に、そのサイトがどこから発信しているのか、追跡するプログラムを用意しているのだった。

これは、ブラック企業のプログラミング会社から、逃げ出した私の友人から提供されたものだ。

左翼系雑誌の肩書の名刺を経営者に渡して「取材させてください」と脅しをかけて、友人を救ったのだった。

プログラマーである田代幸喜《たしろこうき》という大学の同級生だった。

今は自分でランサムウェアに感染したPCをリカバリする会社を立ち上げている。カスタマイズされたBOTなども作る。

その田代のデザインしたBOTが投稿欄を分類して、その一覧を吐き出す。

そのリストを見ると、スパムに偽装したいくつかの攻撃的な罠が散見出来た。

「早速来たな」

おそらく向こうもBOTを使っていて、『ウズガラーヤ』関連の用語を拾っていることがわかった。

明らかな悪意に曝され、背中がゾクゾクしてきたが、私はそれを楽しんでいた。危険な港湾ヤクザを、からかっていた頃の感覚だった。

正義で味付けされた、不法行為は癖になるほど気持ちがいい。

HPに噛ませておいたVPNが立て続けに不正アクセスを弾いていた。反応が早い。よほど『ウズガラーヤ』というワードに神経をとがらせていると見える。

「こんなの、序の口だよ」

今は、『謎の独立国家ソマリランド』を模倣しているだけだ。回を重ねるたびに、私や六志警部や杉沢が調べていたことを、曝露してゆく予定だった。

偽装難民の話、行政書士を使った不法行為の話、中東諸国の人々に偽装して日本に入り込む手口、欧米で次々と拠点が暴かれて逮捕者が出ている話、小山田の背乗りの話、謎の死を遂げる関係者の話、どんどん陰謀論にしていくつもりだった。

初期数話で、引き込まれた閲覧者を飽きさせないよう話を繋いでゆく。

同時にBOTで攻撃的内容の投稿を拾い上げ、六志警部に提供する予定だった。

情報収集が彼の仕事なので、喜ぶだろう。

連載した話は、観測気球も兼ねている。警察の捜査と違ってこちらは、単なる陰謀論HPだ。確証がとれていない話でも掲載することが出来る。

その中で強い反応を示した話が、彼らにとってクリティカルだった可能性がある。これも、六志警部が欲しがる情報だった。

地下施設については、まだ伏せておくようにというお達しが六志警部から出ている。何か考えていることがあるのだろう。私と明智先輩には教えてくれないが。

地下の有効活用であるジオフロントは、詳しい先輩がいた記憶があるので、古い手帳をチェックすることにする。

手帳は全部PDFで映像化して保存してあった。何年分か遡《さかのぼ》れば、見つけることが出来るだろう。

たしか、ジオフロントの実地実験を巡って、自治体とデベロッパーとの癒着を記事にした先輩がいたはずだった。それを探すことを脳内にメモする。

頭をフル回転させたので、甘いものが食べたくなってきた。

山谷に昔からあるスーパー『シマダヤ』に向かう。普段は食べないのに、気が付いたら買い物籠《かご》に一口羊羹《ようかん》が数個入っていた。

羊羹は賞味期限が長く保存食にもなる。なので、更に買い足してレジに並んだ。

ぼんやりとレジに並んでいたが、その間にも私の脳は回転していたのだろう。

すっかり記憶力が心もとなくなっていたが、不意にジオフロントについて調べていた先輩を思い出した。井村《いむら》先輩だ。

羊羹を手に取る。メーカーは井村屋という名前だった。

思わず笑いそうになる。レジのおばちゃんが、不審者を見る目で私を見ていた。それがおかしくて、笑いの発作が起きそうになった。

「いや、怪しいものではありません。思い出し笑いです」

レジのおばちゃんに説明する。彼女は上目遣いに私を睨んで、

「お会計、千二百円になります。袋はおつけしますか？」

とだけ言った。ベテラン風なので多少のことでは動じない。

店の外で、包装を破って北海道産小豆を使った羊羹を齧る。齧りながら、井村先輩の電話番号を探した。

「お久しぶりです。磐田です。覚えていらっしゃいますか？」

『おう、磐田か。ちょっと今、手が離せない。あとで電話するよ』

「ジオフロントについて調べていまして。資料を頂戴できないかと」

『あれか。どこ仕舞ったかな？　探しておくよ』

声を聞いて、記憶も蘇る。ころころ太った愛嬌のあるパンダみたいな人だった。

実は野生のパンダは凶暴だ。パンダに似た井村先輩も柔道の猛者だった。たしか柔道三段。八十一キロ級の国体選手だった。

人は見かけによらないものだ。

私は羊羹を頬張りながら『あわや』へと帰る。

さぁっと霧雨が降ってきたので、小走りになりながら。

　そういえば、私には傘がないので、ジョイフル三の輪商店街で買わなければと脳内にメモをした。

第十章

1

リモートでの磐田と明智とのミーティングが終わった。俺はこの仕組みがよくわからないのだが、陸自から公安機動捜査隊に出向している小倉が全部セッティングしてくれた。彼は自衛隊の新型装備である高性能な『静音偵察ドローン』の技術提供者として来ていて、機械に強い。

現在、自衛隊基地の周辺は、中国人によって土地が買い占められ、スパイ活動が容易になっているという噂がある。こんな軍事転用できるものなど、基地内でテストなど出来ない。

特定アジア地域担当だった外事二課が、規模を拡大して二課、三課になったのは、こうした案件を警戒してのことだろう。

匿名性が高い公安を使って実地テストをしているのだろう。

公安側は新しい捜査技法の導入実験。自衛隊側は実戦でのデータ収集。双方に得がある密約が結ばれているのだ。

「地下空間があるとして、どうやって内部の情報を得るか……だな」

本来は、ヤードに出入りできる人物に接触して、時間をかけて懐柔し『S』に仕立て上げるのが定石だ。俺が任されている分析班は、それを職分にしている。

だが、今回は時間が無い。組み立て式の爆弾セットや、性能のいい銃器の販売の準備が整いつつある。大麻を中心に違法薬物市場が拡大しつつあり、厚生労働省地方厚生局麻薬取締部、いわゆる『マトリ』も神経を尖らせている。

大麻は、欧米では合法なので日本も合法化せよという声があるが、とんでもない話で、いちいち検挙出来ないほど大勢の大麻常習者がいるので、反社のシノギにならないよう、やむなく合法化したにすぎない。

人体に悪影響はない……も、デマだ。大麻は、脳内物質の異常放出による記憶障害や注意力の認知障害が起き、扁桃体《へんとう》、視床下部といった脳の一部を損傷させる。

怖いのは、大麻を慢性的に使用すると反応が弱くなり、より強い麻薬である覚醒剤、へロインなどに手を出す傾向が強くなることだ。

大麻が『ゲートウェイ・ドラッグ』と呼ばれる所以《ゆえん》だった。

海外の麻薬カルテルは、警戒心のないお花畑集団である日本の市場が欲しいと渇望していて、インフルエンサーや芸能人を使ってプロパガンダを仕掛けてきている。辛うじて踏みとどまっているのは、警察とマトリの努力のおかげである。

「やはり、滞空するドローンでは限界がありますね……」

技術提供者である自衛隊から出向の小倉が考え込んでいる。

ドローンは軍事利用が前提だ。現代戦はドローン無しでは語れなくなっており、ロシアとウクライナの戦争でそれは顕在化した。

中東の過激テロ組織と戦い続けてきたアメリカ軍もそれは理解していて、公安外事四課が仮想敵としている現存するテロ組織との戦いにドローンは使用されている。

問題は、地下通路を使ったテロ組織の戦法だった。空からのドローンは、この地下通路網を探知することが出来ず、偵察部隊を送っても人的被害が多くなるだけだ。

それで使われるようになったのが、地中貫通爆弾、通称『バンカーバスター』だった。

地下通路ごと一気に爆破してしまえ……という、コラテラルダメージを度外視するアメリカらしい思考の爆弾だ。効果はあって、テロ組織の大物を何人も仕留めている。

日本国内では、そんな代物は使えないし、自衛隊も配備していない。

何か、考えこんでいた小倉が、口を開く。

「次の休憩時に、上長に相談してきます」

「何か、案があるのか？」

「申し訳ないのですが、機密に類する事柄なので、私一人の判断では……」

自衛官らしくハキハキと喋る小倉が口ごもっていた。彼は一時的に警察官の身分になっているが、主軸は自衛官だ。

「詳しくは聞かないが、よろしく頼むよ」

「努力します」


三交代でドローン操作についている、小倉、佐藤、網野の三人だが、小倉が休憩の順番になった。ちゃんと風呂に入らないと、「くさい」といって網野におこられるのでスーパー銭湯に行くのだ。

偽装コンテナのロッカーから着替え一式が入った包みをトートバッグに入れて出てゆく。

ドローン整備担当の順番になっている佐藤が、分解掃除する手を休めて、俺に目を向ける。

「なんだかなぁ」

とだけ言う。仲間だと思っていたのに、小倉に一線を引かれた気がして、不満なのだろう。

「仕方ない。こっちは、最先端技術を使わせて頂いている立場だ。小倉には守秘義務も課されているだろうし」

「普段はそうでもないんですけど、ふとした瞬間に『壁』みたいなものを感じるんですよね、小倉君は」

「公安から見たら外様なので、しょうがないだろ？」

「公安と技術屋の二足のわらじを履いていると、同じ立場の人間にはなんとなく、横のつながりみたいなものが出来るんです。例えば、六志警部には話せなくても、私と網野には話せるとか。絶対に私らからは漏れないという信頼感といいますか……。いや、六志警部が漏らすとかそういう話では……」

「わかっているよ」

佐藤が頭を掻いた。ドローン操縦中の網野が口を挟む。

「機械整備の技術はある。知識もある。でも小倉は技術屋じゃない。多分」

俺には、技術屋の空気はわからない。だが、現場からこういう声が上がるということは、頭の片隅に残しておいた方がいいだろう。

「地下空間、どうやって探ります？」

佐藤が質問してきた。

「正攻法なら、『幽霊』の誰かを別件逮捕して、ヤードへのガサ状請求って流れなんだが、埼玉県警がどこまで汚染されているか読めないからなぁ」

埼玉県警のトップは、埼玉県知事の小野誠一郎だ。河辺市長の邑久森信一郎とは親戚関係でもある。ガサ入れの情報が洩《も》れたらヤードの『幽霊』に逃げられる。

地下空間はジオフロント計画でどこまで広がっているのか、現時点では解明できていない。だから出口を全部塞《ふさ》ぐことは出来ない。

新たに工事されている可能性を考えると、一ヵ所のヤードを潰しても意味がない。証拠隠滅して逃げられるだけだ。

「今監視中のヤードが、拠点であることは間違いない。奇襲をかけて逃げる暇を与えないのがいいんだが、アメリカみたいに地中貫通爆弾を撃ち込むわけにいかんからなぁ」

「こういう時は銭湯ですよ。小倉が戻ったら、行ってください」

しばらく、手足を伸ばして湯に浸かるという贅沢をしていない。魅力的な申し出だった。

「俺が離れて大丈夫か？」

「近くに設置したＣＣＤカメラにも、このトラックに付けた監視カメラにも、不審者は確認できていません。ドローン監視もバレていないようですので、大丈夫ですよ」

佐藤がそう言う。

「一度、本庁に戻って、着替えをとってくる。ついでに銭湯も使わせてもらおうか」

小山田の両親の件もあった。このトラックの護衛につくのは、一時中断しても大丈夫だろう。

「それじゃ、行ってくる。何かあったら、連絡をくれ」

ずっと座りっぱなしだった影響か、立ち上がると体中の関節がポキポキと鳴り、呻《うめ》き声が漏れた。ころころと網野が笑う。

「六志警部、おじさんみたい」

「おじさんなんだよ」

2

河辺駅の利用を避け、タクシーで東十条に抜けた。赤羽も避けたのは、杉沢失踪事件で二度も臨場したからだ。誰かが張っている可能性がある。

京浜東北線で秋葉原に出た。そこで総武線に乗り換えて、両国にある、鍵を預かりっぱなしの『6』セーフハウスに向かう。

各セーフハウスには、俺の着替えがストックしてある。下着とワイシャツとスーツを、ジェラルミン製のアタッシェケースに詰めて、六番目のセーフハウス『6』を出る。

両国駅から総武線に乗り、市ケ谷《いちがや》駅で有楽町線に乗り換える。桜田門駅までは、五分ほどで着く。

警視庁の前で多久に電話をかけた。

「長尾課長代理はいるか？」

『会議で、夕方まで帰ってきません』

「それじゃ、そっちに行く」

『間男みたいですね』

「まったくだ」

予め、多久に調べてもらっていた、小山田議員の両親の住所を受け取る。彼らは東京都練馬区に引っ越していた。

『6』の鍵を返却して、再び地下鉄有楽町線に乗る。有楽町線はいくつか行き先があるが、保谷駅行なら練馬駅まで乗り換えなしでいける。

練馬駅は地上に出る高架駅で、光が丘行の大江戸線に乗り換えるには、また地下に下りる必要があった。

大江戸線終着駅の光が丘は、大規模団地『光が丘パークタウン』を擁する住宅街だ。

この団地の一室に、小山田議員の両親は住んでいる……はずだ。

俺は団地の棟番号を確認し、階段を使って四階まで上がった。

やや古びてきた団地の廊下を歩き、部屋番号を確認しながら歩く。

二人が住んでいるのは『四〇四号室』。この団地では標準的な2ＬＤＫの間取りの部屋だ。

昼下がりという時間もあって、あまり人通りはない。住民とすれ違うこともなかった。

小山田夫妻が住む四〇四号室の表札を確認する。表札には名札が差し込まれてはいなかった。今は防犯のため、あえて表札を出さない家庭もある。外国人による押し込み強盗が関東近辺で多発しているからだ。

扉脇のインターホンを鳴らす。反応はなかった。微かに屋内からベルが聞こえたことから、故障してないことが分かる。

もう一度鳴らす。やはり反応はない。ドアの隙間に鼻を寄せた。何も臭わない。腐乱臭も、アーモンドの臭いも。

ポケットから、小型のピックガンを取り出す。これは、鍵穴に差し込んだ金具をつかってシアに衝撃を与え、開錠してしまう器具だ。グリップとトリガーがあって形状が銃に似ているから、こう呼称されている。

開錠して、室内に入り込む。なんとなくわかっていたが、全くといってよいほど生活臭がない。

ポケットからシャワーキャップを出して靴を覆い土足のまま室内に入る。室内は家具の類はなく、アンティークドール用の小さな安楽椅子に、熊のぬいぐるみがポツンと置いてあるだけだった。

熊のぬいぐるみは、ディズニーランドの人気キャラクターで、俺は名前を思い出せなかった。なんとなくマレー熊に似ているなと思っただけだ。

「まぁ、そういうことだわな」

俺はその熊を椅子から持ち上げ、ポケットのビクトリノックスのキャンプ用ナイフで鼻を切り取った。

予想通り、CCDカメラが仕込んであった。

こんな珍奇なものがあれば、誰でも覗《のぞ》き込む。顔認証のデータがとれるし、マスクしていても、目の虹彩も記録できる。虹彩も指紋同様に個人識別に利用できた。

おそらく、ここには何もない。俺は熊のぬいぐるみからCCDカメラを抜き取り、部屋を後にした。廊下を歩きながら多久に連絡を入れた。

「小山田の両親の家はからっぽだった。あそこは、調べに来る者のデータを収集する装置みたいなものだ」

『あはは……。CCDカメラが仕込まれていましたか』

「そうだ。あの部屋の名義は、今でも小山田夫妻なんだな？」

『たしかそうです。住民票を取り寄せますか？』

「いや、どうせ追跡できない。いないのを確認したってところだな」

『顔撮られちゃいましたね』

「とっくに、俺の面は割れている。内勤に回され、住居を転々としなければならない理由だよ」

元警察官の探偵である鹿倉から、俺の面体は中東テロ組織に売られてしまっている。コイツの情報で、古里は殺されてしまった。

端正な顔が拷問でグチャグチャに潰されてしまった古里を思い出す。ズキンと胸が痛んだ。あの日からずっと心の奥底で燻り続けている怒りが身じろぎするのを感じる。

階段で立ち止まり、深呼吸をする。怒りのコントロールは、無理やり通わされたカウンセリングでさんざん言われたことだ。

階段から、広大な光が丘公園が見えた。平日の昼下がりということで、親子連れの姿が目立つ。

その中で、ベンチで新聞を読んでいるスーツ姿の男が浮いて見えた。階段で立ち止まったからこそ……だ。俺は男の存在に気付かないふりをして、光が丘駅に向かう。

お行儀悪く歩きスマホをする。実は肩越しの動画撮影だった。

男はベンチから立ち上がり、俺の斜め後方十メートルに位置して俺と同じ方向に歩いていた。間違いない、尾行だ。

大江戸線に乗る。尾行者は、一両隣に乗っていた。東洋人の顔立ち。日本人か、韓国人か、中国人だ。

身長は百七十センチ前後で平凡な顔つき。太っておらず痩せてもいない。スーツ姿なので、都内なら人々の中に埋没出来るだろう。光が丘公園では、存在が浮いてしまったが。

俺は、都庁前で降車する予定だった。都庁に隣接する『新宿中央公園』は、植え込みで見通しがきかない場所があり、外勤だった頃、尾行を撒くのによく使った場所だ。

防犯カメラの死角がいくつかあり、尾行者を逆襲するポイントも点在する。

都庁前で大江戸線を降車する。長いエスカレーターを上がってゆく。尾行者は、俺との間に一人置いて尾行している。尾行の基礎は出来ているようだ。

尾行者に気付かないふりをして都庁に入る。

エントランスにあるコンビニエンスストアで、アンパンと缶コーヒーを買った。砂糖とミルクが入ったシロップのように甘いコーヒーだ。

ビニール袋に入れてもらい、都庁を出る。柱の陰に隠れていた尾行者が、俺に続いた。

わざわざ買い物をしたのは、公園に立ち寄るのが不自然にならないため。

この界隈《かいわい》では、ベンチで簡単な間食を摂るサラリーマンは少なくない。尾行者も俺のことをそう思っただろう。

記憶を辿《たど》って、防犯カメラの死角に向かう。人通りが少ないので、尾行者は少し距離を離したようだった。これも、計算通りだ。

遊歩道の脇に簡素な東屋《あずまや》があり、散歩に疲れた市民の休憩場所になっている。ここが防犯カメラの死角になっていて、植え込みの関係で見通しも悪い。

俺はそこで、植え込みの陰に隠れた。

角を曲がった俺に追いつこうと足早に歩いてくる尾行者の足音に耳を澄まし、腰裏のパウチから特殊警棒を抜いた。

角で待ち伏せていた俺に気付いて、尾行者は「あっ」と小さく呻《うめ》いた。

俺はコンビニエンスストアで買った缶コーヒーを、そいつの顔面に思い切り投げつける。

尾行者は、半歩足を引いて半身になり、缶コーヒーを左手で叩き落とす。何か武術をやっている者の体さばきだ。同時に、右手をスーツのポケットに突っ込んで何かを取り出そうとしている。

俺は、特殊警棒のグリップに収納されていた本体を振り出した。これで全長六十センチの鋼鉄の棒になる。

尾行者がポケットから出したのは、絶縁テープらしきものが雑にまかれたスタンガンだった。違法に出力を上げた代物だろう。

それを俺に突き出してくる。バチバチという放電音が響いた。

俺は体を斜め後方に引いて、尾行者の手首に警棒を振り下ろした。奴の手首に警棒がぶち当たった。骨が折れる感触が俺の手に伝わる。

押し殺した苦鳴が尾行者の口から洩れる。取り落としたスタンガンを蹴り飛ばして、俺は左手で相手の耳を摑んだ。

親指を耳の穴に突っ込んで固定し、思い切り下に引っ張る。痛みに耐えかねて尾行者が身体をくの字に曲げた。

まるで深々とお辞儀をしているような姿勢になった尾行者の顔面に膝をカチあげる。尾行者が辛うじて無事な左手でガードした。

構わずもう一度膝をカチあげた。左手ごと顔面に膝が突き刺さる。更にもう一度膝をブチ当てると、尾行者の意識が飛びかけたようだ。ガードしている左手がだらんと下がる。とどめに、思い切り膝を顔面に突き刺す。ぱらぱらと地面に落ちたのは、尾行者の前歯だった。鼻の軟骨がぐしゃりと潰れたのがわかった。

「ああ、やり過ぎだなぁ」

と思いつつ、地面に顔から倒れ込む尾行者の後頭部に、警棒を思い切り叩き下ろしていた。

尾行者は完全に意識を失っており、大きな鼾《いびき》をかきはじめた。

俺は特殊警棒の先端を縁石に突き立てて、グリップに収納した。腰裏のパウチに納めて、うつ伏せに倒れて鼾をかいている尾行者の尻ポケットを探る。

何も出てこなかったので、腋下を蹴って仰向《あおむ》けにさせる。これで肋骨も折れたか罅《ひび》が入っただろう。鼻から大量に出血しているので、仰向けにさせるのは危険だが、知ったことではない。

鼾をかいている尾行者のスーツのポケットから、財布と名刺入れとパスケースを抜き取り、ポケットに入れた。

僅か数秒の攻防だった。誰も俺たちには気づいていないようだった。

俺はハンカチで血が付いた膝を拭う。濃紺のスーツで撥水加工したものしか着用しないのは、汚れが目立たないからだ。

俺は、防犯カメラの死角を伝いながら、公園を後にした。

3

新宿三丁目にある喫茶店に入り、尾行者の持ち物を調べた。名刺は複数あって、あの尾行者がどういう職業なのかよくわからない。それで、ピンときた。こいつは探偵だ。

パスケースの身分証を調べる。尾行者の名前は、守山《もりやま》というらしい。やはり調査会社の調査員の身分証だった。その所在地に見覚えがあった。

多久にメールを打つ。住所の照会だ。返信はすぐあった。その住所は『鹿倉探偵事務所』だった。鹿倉は死んだが、事務所は残っていて、未だに、外事第四課を探っているのだろう。

無理もない。一度テロリストと取引をしたら、抜け出すことは難しい。

仕事を断ろうとしても、家族や友人を「何時でも殺せる」と脅したり、女や金をあてがって、抜け出せないようにしたりする。

色仕掛け《ハニートラップ》は、未成年の女を抱かせることが多い。違法性が高ければ高いほど、相手を脅迫しやすくなるからだ。

政治家にも、この類の色仕掛けを受けている者がいる。かなりの情報が、こういった政治家経由で流れてしまっているのが、日本というお花畑だった。

「鹿倉の一味、まだ俺を追っているのか？」

きっかけは杉沢拉致だ。

多分、俺が臨場した赤羽の現場には、調査会社の者が張っていたのだろう。

そこからウズガラーヤに『六志』が関わっていると連絡が入る。古里と一緒に俺を殺すはずだったウズガラーヤの暴力装置『幽霊』は、俺のことを執念深く狙っているのだ。

俺を常に尾行するのは難しい。ダイスを使って、ランダムにセーフハウスを転々としているし、尾行を振り切る技術はある。

守山は、警視庁を張っていたのだろう。光が丘団地まで尾行できたのはそこが都営大江戸線の終着駅だからだ。ドアが閉まる寸前で降車するテクニックが使えない。

守山の財布の中には現金五万円ほど。案の定ＧＰＳで追跡できるタグが入れてあった。

それをポケットに入れる。

新宿三丁目から花園神社に入った。手水《ちょうず》をつかい、口を漱《すす》ぎ、賽銭《さいせん》箱に守山の所持金を全部投げ込み、参拝する。財布はゴミ箱に捨てた。

靖国通りでタクシーを拾う。GPSタグは、タクシーのシートの隙間に押し込んだ。これで、守山の異変に気付いても、調査会社の連中は延々とタクシーを追いかけることになる。

俺は永田町でタクシーを降り、南北線に乗って川口元郷《もとごう》駅に向かった。河辺駅で降りないのは、相田拉致に失敗したことから河辺駅が『幽霊』の監視対象になっているかもしれないからだ。

杉沢からの流れで、俺の関与が疑われている。奴らに面が割れているので、用心しなければならない。

マスクと度の入ってない黒ぶちの眼鏡で顔の印象をぼやかし、手櫛《てぐし》で髪型を変えた。これだけで『幽霊』の連中は俺と他の日本人の区別がつかなくなる。もともと日本人は外国人にとって区別しにくい顔立ちだった。鹿倉のような、違法行為も厭《いと》わない探偵を使う所以だ。

川口元郷駅からタクシーで河辺市に向かう。公安機動捜査隊のメンバーから紹介された、スーパー銭湯に向かう。

脱衣所で、アタッシェケースの中から着替えセット一式が入ったビニール袋を取り出して、汗臭くなった着衣をそのビニール袋に詰める。

広い湯船に浸かり、体を伸ばした。思ったより、俺は疲れていたようだ。トロリとした眠気に身を任せる。

桶《おけ》が鳴る音。遠い話し声。館内放送。それらが意味をなさないノイズになって、俺の耳に流れ込んでくる。

『ああ……くそ……守山のせいだ……』

心の中で毒づく。守山は鹿倉を連想させ、鹿倉は古里の死の記憶に直結している。頭の中であの記憶を追体験するのは、こんな、覚醒と睡眠の狭間《はざま》の時。妻との離婚の原因だ。

俺はあの時、鹿倉に呼び出されて河辺市内にある廃工場にいた。俺が持っている情報と古里との交換の場だった。

古里に執着する馬鹿な女のせいで、調査会社を雇われ、調査会社は新人の古里よりやや上手だった。

古里が公安刑事と知られると、彼の情報はテロ組織に売られてしまった。

古里を人質に俺を組織に取り込むこと。水際で中東のテロ組織と火花を散らせていた外事第四課からスパイを仕立て上げることが出来れば、我々に阻まれて果たせなかったテロを完遂出来る。防諜の最前線に立っていたのが俺だった。俺は奴らにとって目の上のたんこぶだったのだ。

一度脅せば、企業も政治家も腰砕けになる。スパイ防止法すらないのが、日本という国だ。俺たちが最後の砦《とりで》だった。

入り込んでしまえば、日本はいい稼ぎ場になる。日本で得た金は世界各国で使われ、多くの罪なき人々の命を奪う。

日本など、ぶん殴ればいくらでもジャブジャブ金が出てくるぶっ壊れたATMくらいにしか、彼らは思っていない。もしくは、無料食べ放題のバイキング会場みたいな認識か。

『ああ、嫌だ、嫌だ……』

俺の感情とは別に、脳内の記憶は過去を辿ってゆく。今回は、いつもは脳が拒否している古里殺害の場面のようだ。

相手はおそらく、今活動している『幽霊』の一期前になるだろうか？　十代の若者中心がメンバーだ。早死にするので、入れ替わりが激しいが、獰猛で恐れ知らずなことは共通している。

俺が彼らと対峙《たいじ》していた頃は、『雌狼《アセナ》』と呼ばれる、残酷だが美人で頭が切れる若い女性がリーダーだった。

彼らは日本人は間抜けで腰抜けと、侮っている。そうでなければ、俺は取引場所に単独で潜入することなどできなかっただろう。

アセナは、拷問の痕跡も生々しい古里の頭に拳銃を突きつけ、俺に武器を捨てるように命令した。こうすれば、日本人はあっさりと降伏すると学習していたのだ。

俺は銃を構えたままだった。ここで降伏しても、俺は持っている情報を全て奪われ、殺される。人質としての役割を終えた古里も殺される。これは、取引でもなんでもなかった。一方的な虐殺だ。

その虐殺は俺が銃を捨てた時に始まる。

「銃を捨てろ、六志。コイツがどうなってもいいのか？」

アセナのように、『幽霊』は流暢《りゅうちょう》に日本語を話す。日本での活動に特化した武装集団であることが仄見《ほのみ》えた。

「断る。お前こそ、警察を相手にしていることを忘れるな」

俺の返答にアセナが鼻で笑った。俺に銃を向けている数人の少年は声を上げて笑っていた。

「日本のお巡りさんは、怖くない。銃を撃てないからね。だから誰もあたしたちを止めることなど出来ない。搾取されるのが、お似合いなんだよ、日本人は」

アセナは、少年たちの筆おろしをすることで、熱狂的な信奉者で周囲を固めていた。構成員への褒美は自分の肉体。彼らの結束は固かった。

「六志さん、僕に構わず逃げてください」

掠《かす》れた古里の声を今でも思い出す。

「黙れ！　腰抜け！」

少年の一人が、古里を殴った。腫れあがって殆ど塞がった彼の瞼が裂けて血が流れる。古里が喚《わめ》きながら、体を左右に振った。少年は銃のグリップで古里を殴り、アセナは古里の肩を押さえつけた。

「ごめんなさい」

古里の唇がそう動く。俺に伝えたかった彼の最後の言葉だったのだろう。俺にはその声まで聞こえたような気がした。

古里が命がけで作った隙。

――俺は銃のトリガーを引いた

ビクンと体が動いて、湯船の中で目を覚ます。幸いにして、俺の周囲には誰もいなかった。吐きそうだったが、堪えた。『飲用』と書かれた大理石製のシンクによろめきながら向い、水を飲む。

こみ上げた胃液が押しもどされてゆく。

俺はあの時、アセナと古里を殴っていた少年を真っ先に撃った。

まさか、日本の警察官が人質を取られているにもかかわらず、発砲するとは思わなかった『幽霊』たちは、反撃が一瞬だけ遅れていた。

応射が来る前に、更に一人を撃つ。喉と胸を撃ち抜かれて、その少年は壁に叩きつけられ、ずるずると頽《くずお》れる。白い壁に血の跡がのたくった。

応射が来たとき、俺は脇腹と肩に被弾していた。

痛みは感じなかった。撃った後に脱兎《だっと》の様に逃げる残り二人の少年の背中に向かって発砲する。

一人はのけ反って倒れ、一人は逃げた。俺はうつ伏せに倒れた少年の背中を踏みつけ、後頭部を二発撃っていた。

踵《きびす》を返して古里に近づく。アセナは鎖骨あたりを撃たれて、大量の出血をしている。古里を殴っていた少年は、頭を撃ち抜かれて即死だった。

古里は、至近距離からアセナに頭を撃たれていた。腫れあがった目と、折れた鼻と、耳から出血をしていて、自発呼吸もなかった。死んでいた。

「お前は、誰も救えない」

血で咽せながらアセナがゲラゲラと笑っていたのを覚えている。

俺は、その顔面に一発弾をぶち込んだ。ぶつんと断ち切ったように、笑い声は止まった。


スーパー銭湯を後にする。徒歩で偽装したトラックに向かった。

監視カメラで俺の接近を見ていたか、タラップを上がるとロックが解除される音が聞こえた。

「おかえりなさい。すこし、さっぱりしましたか?」

小倉が言う。俺はまだ石鹼の匂いがしているらしい。

アタッシェケースを、片隅に置かせてもらう。

「小山田の両親だが、行方不明だった」

俺は彼らと情報共有をした。

第十一章

1

ジオフロントの取材をしていた井村先輩からメールに添付されたデータ便が届いた。私宛のメールには電話をかけていい時間が書かれており、こうした素っ気なさは昔と一緒で、懐かしい気がした。

指定の時間に電話を入れる。井村先輩は、ユニオン誌を退職後、神保町にある児童向けの絵本の会社に勤務していた。

「左巻きは、高齢化が進みすぎて市場としてはジリ貧だ。読書離れを防ぐには子供をターゲットにせんとな」

井村先輩は、ガチガチの左翼『ユニオン誌』に勤務していながら、左翼思想は持ち合わせておらず、出版にだけ興味が向いている人物だった。

私や杉沢、明智先輩などと近い存在だったと思う。

お礼を兼ねて、井村先輩に指定された時間に電話をかけた。

『磐田か？　懐かしいな』

「資料、ありがとうございました。今、明智先輩とジオフロントについて調べていまして、非常に助かります」

『まだ、明智と組んでいるのか？　お前は経済紙、明智は料理関係じゃないのかよ』

井村先輩はパンダみたいなコロコロした体形で、童顔なのも相まって、可愛い雰囲気だが。甘くない。たとえ元同僚でも、裏をとる。昔からそうだった。

「杉沢を覚えていますか？」

『あのイケメンか。今はイケオジになっているのか？　禿《は》げてなければだが』

「杉沢は、アイツは……行方不明になりました。私と明智先輩は、彼が拉致されたと確信しています」

『なんだと？　拉致？　誰に？』

「杉沢が取材対象にしていた人物に」

『小便くせぇアイドルとかのゴシップ屋だっただろ？　バックのヤクザか何かに拉致され

たのか？』

「いいえ、違います。テロ組織に……です」

井村先輩が絶句した。ユニオン誌時代、我々は拉致される危険性を意識して仕事をしていた。それでも、未遂はあっても実際に拉致されるようなことはなかったのだ。

『それが、河辺市のジオフロント計画と関係あるのか？』

「あると思っています」

『八年も前に頓挫した計画だぞ』

「邑久森信一郎市長が二期目当選を果たした頃ですよね？」

『邑久森は、河辺市の健全化と経済発展を公約に当選したからな。あの邑久森はあまりいい噂を聞かんぞ』

埼玉県の新経済圏計画の一環に『河辺ジオフロントプロジェクト』というのがあった。環境問題で電機メーカーの工場が北関東に移転し、その広大な跡地に大型商業施設を作り、その地下に駅まで直結する地下街を建設するという、典型的な箱物行政だった。

このプロジェクトの推進を選挙公約に掲げて、市長選に出たのが邑久森現市長で民政党の公認を得て当選した。

もともと、河辺市は全国でも投票率の低い地域で、組織票が手堅い民政党が強いという土地柄だった。投票率二十%を下回ることさえある。

「奇妙なのはな、商業施設を作る前に、地下空間を整備したことなんだよ。それで計画倒産みたいに、基礎工事だけ終えて『河辺ジオフロントプロジェクト』は頓挫。デベロッパーとゼネコンは莫大《ばくだい》な借金を抱えて共倒れ」

中堅どころの青林組《あおばやしぐみ》、小東《こひがし》ハウジングは、不渡りを出してしまった。

議会では、邑久森市長の責任問題が追及されたが、共同開発の第三セクターを作る前段階だったことを盾に不問となった。

自分たちの天下り先が出来そうなときには市長に擦り寄り、頓挫すると掌《てのひら》を返す様を、井村先輩は取材していた。

『青林組、小東ハウジングは、民事再生法を申請して再建中だが、外国資本が入って食い荒らされている。俺は、河辺市と外国資本が組んだ敵対的買収案件だと思って調べていたんだが……』

ユニオン誌の編集長から、取材中止の勧告を受けていた。

おそらく、ユニオン誌の上部組織に圧力がかかったのだと、当時の我々は思っていた。

『もう、俺らは左巻きなんざぁ関係ないしな。あの資料は、俺のジャーナリズムの残滓《ざんし》だが使ってやってくれ。明智にもよろしく伝えろ』

「ありがとうございます」

礼を言う。ここから開設したＨＰを陰謀論にもっていかないといけないので井村先輩の資料は役に立つ。明智先輩からの政治家関係の情報とからめれば、かなりいい記事になりそうな予感があった。

『声でわかる。闘志を燃やしているな。だがよ……』

井村先輩がため息をつく。

『磐田、くれぐれも気をつけろよ。お前たちが踏んだ尾は、虎じゃなくて鵺《ぬえ》だったかもしれんぞ』


明智先輩に井村先輩から受け取ったデータを送信した。

すぐに電話が折り返されてきた。明智先輩はいつも行動が早い。

『そうか、ジオフロントを調べていたのは、井村君だったか。よく思い出したぞ磐田』

開口一番、明智先輩が言う。まさか、井村屋の一口羊羹を食べていて思い出したとは思うまい。

『今、調べていることの補完が出来た。レポートにまとめて、送るので、少し待っていろ。これは、自治体と反社が組めば何でも出来るという汚職案件だよ』

公権力による構造汚職追及は、明智先輩の得意分野だった。その、彼女の嗅覚に何かがひっかかったのだろう。

「我々は警察ではありません。それっぽいことを書いて民衆を扇動することです。民政党絡みの記事、期待していますよ」

『井村君の敵討《かたき》ちだからな。腕によりをかける』

ジオフロントの件は明智先輩に任せて、私は『河辺ジオフロントプロジェクト』の青写真を六志警部に送信した。

これで、地下街の出入り口が何処にあったのか、大まかだが類推できる。プロジェクト中止時は、いたずらで入り込んだ者が落盤事故に巻き込まれるのを防ぐため、全ての出入り口をコンクリートで塞いで、埋め戻している。

国土地理院のサービスで、過去の航空写真を閲覧できるので、現在の様子と埋め戻した当時の写真を見比べることが出来る。

同時進行で、『あなたは、ウズガラーヤという国を知っていますか?』の記事を次々に放流する準備をした。

書き溜めてあるので、決まった時間にすこしずつ流してゆく。時間が固定してある。十五時と二十一時の一日二回。気軽にスマホで閲覧してもらうのを目的としているので、閲覧数が多くなる時間を調べたらこの時間だったのだ。

いまのところ、記事の内容は『謎の独立国家ソマリランド』という傑作ルポルタージュを模して、楽しく読める内容に徹している。書き込まれる感想も概ね良好で、記事を心待ちにするファンも増えてきた。

「そろそろ放流するか？」

陰謀論をすこしずつ流してゆく。このあたりは左翼誌の得意技だった。私も昔取った杵《きね》柄《づか》ということもある。

2

受付開始時間を待って、国土地理院にアクセスする。

プロジェクト中止の頃と、現在の航空写真を比較するためだ。地図データをダウンロードしてUSBメモリに落として、出かける準備をする。

上野にレンタルオフィスがあり、そこを確保しておいたのだ。コピーやFAXの高性能な複合機が使える。

プリペイドSIMで作った叔父のスマホに着信があった。『あなたは、ウズガラーヤという国を知っていますか?』のコンテンツプロバイダに対し、開示請求がされたという連絡だった。

「はじまったな」

発信者にコンテンツを提供している業者に対して、名誉棄損や名誉感情侵害やプライバシー権侵害などを理由に、発信者のIPアドレス、利用しているアクセスプロバイダを開示させる手続きだ。

アクセスプロバイダは発信者の住所、氏名、電話番号といった情報を持っているので、これを開示させることが出来れば、裁判を起こすことが出来る。

匿名性の高いSNSだが、こうした手順で裁判が起こされることが多い。ウイルスを仕込んだメールなどのイリーガルな攻撃に、私が一切反応しないので、時間がかかる正攻法に切り替えたわけだ。これで、約三ヵ月は凌《しの》げる。

東武浅草駅前に向かう都バスに乗って、上野行のバスに乗り換える。上野のアメ横の雑多な商店街の一角に、そのレンタルオフィスはあった。有名な軍装品店の脇にあるスチール製の階段を上り、『上海飯店』と書かれた鉄扉を開けると、そこが線路の高架下にあるレンタルオフィスだった。

初めて来る人間にはまず見つからない場所だし、入るのも躊躇《ためら》われるロケーションだが、実際に稼働している。

元は中華料理屋で、その看板をそのまま使っているのだった。

管理人兼オーナーが常駐していて、複合機のメンテナンスや、給茶機の補給などをしている。

「やあ、陳さん。スペースの一角を使わせてもらうよ」

そう言って、彼の机に千円札二枚を置く。

「磐田さん、値上がりしたんだ。千円足りない」

このレンタルオフィスには定価表というものがない。気まぐれに値上がり、値下がりをする。

「今日は値上がりなんだね」

「競馬で負けたからね」

陳さんは、そんなことを悪びれることなく言い、皺だらけの顔に笑みを浮かべた。

さっそくノートPCを開いて電源をつなげる。フリーWi－Fiの速度はかなり早いので、電車が通過するたびに轟音《ごうおん》がするのと、ガタガタ揺れることに目をつぶれば、快適な作業環境だ。

ダウンロードした航空写真を見比べる。『河辺ジオフロントプロジェクト』の青写真と見比べると、地下通路がどのように広がっているのかが分かる。

放射状に広がった通路の出口は七ヵ所。同じ縮尺にした地図を重ねる。

「なんだこれは……」

思わず声が出た。

私が見ている航空写真は、透過処理されたものだが、起点となる河辺駅と道路でぴったりと重ねることが出来る。

出口とされていた場所は、鉄板で囲ったヤードになっていた。

住所で検索する。いわゆる『一人親方』の解体業者だった。経営者は全て日本人女性で、これは登記簿を調べてみたいところだった。

私以外にレンタルオフィス利用者はいなかったが、念のため踊り場に出て、六志警部に電話を入れる。

『どうした？』

相変わらずぶっきらぼうな口調で、電話に出る。

「これから、『河辺ジオフロントプロジェクト』の図面を送ります。見て頂ければわかるかと思いますが、出口予定の場所が、全てヤードになっています」

ある程度予想はしていたのか、六志警部は、

『そうか』

とだけ言った。

「住所で検索してみましたが、全部『一人親方』の解体業になっています。登記簿を調べればもっと詳しく調べられると思います」

警察は登記簿を取り寄せるサービスにアクセスできる。そうすれば、もっと詳しい情報が手に入ることになる。

『久我か……』

「はい、久我だと思います。法人登記の手引きを彼奴がしたのでしょう。だからこそ護衛がついていたのではないでしょうか」

『久我はウズガラーヤにとって便利な道具だ。そして、秘密の一端を知る者でもある。敵の手に渡してならない人物だ』

行政書士の久我は、ウズガラーヤにドップリだった。引き返せないところまで来ている。おそらく、弱みも握られているはずだ。女か金。あるいは、その両方だろう。

『とにかく、よく調べてくれた。登記簿はこっちであたってみよう』

「明智先輩が、政治家との絡みで『河辺ジオフロントプロジェクト』を調べています。そ

っちが上ってきたら、六志警部と共有しますね」

六志警部にデータを送り報告を終えると、私は『上海飯店』を出た。

プリントアウトしたデータは折り畳んで愛用のトートバッグに入れる。

都バスを乗り継いで、泪橋で下車し『あわや』に戻った。

明智先輩の紹介もあって、『あなたは、ウズガラーヤという国を知っていますか？』は好評で、閲覧数が伸び続けていた。

スパムは自動的に弾く設定にしているので、ウズガラーヤ側のサイバー班は苦戦しているようだ。ざまぁみろ。

安定した閲覧数が稼げているので、そろそろ本格的に陰謀論を混ぜていくことにする。

ウズガラーヤの欧米での扱いはどうなっているのか？　これは、国家ではなく何か巨大な集合体なのではないか？　といったことだ。

地図にない国に興味がある層は、こういう陰謀論が好きな層だ。事実、この記事への食いつきはよかった。ポジティブな評価を外したのは、少数だった。

私の一日二回の記事の更新は、だんだん不穏になってゆく。猫と料理に興味があって、登録していた人々はごっそりといなくなったが、それを補うように陰謀論系の人々が増えた。

狭い世界内でいかにも本物っぽい陰謀論が討議されると、思考は先鋭化されてゆく。左翼やカルトがよく使う手口で、これを『エコーチェンバー』といってＳＮＳ時代に生まれた現象だった。

同じ価値観を持つ者同士で情報交換をしているうちに、自分たちが多数派なのだと勘違いしてしまうというものだ。

私は、これを意図的に起こしていた。

一部過激な者が、河辺市を訪れてレポートなどをしないように、脅しを書き込んでおく。海外の例で、動画配信者がウズガラーヤ関連の突撃取材を行ったところ、行方不明になったという記事を上げた。

これは、事実ともフェイクニュースとも言われているいかがわしい記事なのだが、私は事実として掲載し、危険をアピールした。

野次馬がこれで怯《ひる》んでくれれば、いいのだが……。川崎の港湾ヤクザなんかより、ウズガラーヤは危険だった。切り捨て可能なチンピラどもを使って、傷害事件を起こしかねない。接近しすぎると『幽霊』により殺害される。

危機感がお花畑な日本人は多いので、脅しすぎるぐらいが丁度いい。

3

HPの記事が、陰謀論じみてくるにつれ『あなたは、ウズガラーヤという国を知っていますか?』のコメント欄に攻撃的な投稿も増えてきた。これを放置しておくと、閲覧者同士が論争を始めてしまい、単なる罵《のの》り合いに発展してしまう。いわゆる『荒れる』という状況だ。

避けるには、管理人である私が、マメに巡回して攻撃的・批判的投稿をブロックしてまわることしかない。

攻撃的な投稿者は、わざと過激な言い方をして、相手の暴言を引き出すのが手口で、『名誉毀損』『侮辱』『脅迫』などで、相手を告訴するのが目的だ。

相手がなかなか法的にアウトなことを言わない場合、成りすましで殺害予告などをするケースもあるらしい。

これは、相手と法廷闘争するのが真の目的ではなく、管理人である私に相手の開示請求を申請し、最終的には私の個人情報を得ることである。

受忍限度を超えた侮辱を受けたので、サイトの管理人である私(正確には老人ホームに

入所中の叔父）に、

「投稿者の住所、氏名、電話番号、メールアドレスを寄こせ」

と、やるわけだ。

当然、私はそのような情報を持っていないので、

「そのようなものを持っていない」

と、いちいち反論しないと、この言いがかりはプロバイダ責任制限法で『正当な理由』として採用され、私の個人情報は相手に抜かれてしまう。

驚くことに、このいいがかり訴訟は完全に合法である。対処を間違えただけで簡単に個人情報が相手に渡ってしまうわけだ。

これが『幽霊』のサイバー部隊の手口だった。私が叔父の身分証を使って別人に成りすましたのは、この危険があったからだ。

注意深くコメント欄をチェックして、危険なコメントを丹念に消し、いいがかり訴訟の芽を摘んでゆく。

手間も時間もかかり、神経をすり減らす作業だ。

気が付くと、あっという間に時間が溶けてしまっている。疲労は蓄積されてゆく。

明智先輩から『河辺ジオフロントプロジェクト』のレポートが届いたのは、コメント欄

チェックが一段落した頃だった。

これを放流すると、また『荒れる』ので、じっくりと内容を確認する。

これにはイニシャルに変換した複数の政治家が、あきらかに無理筋のプロジェクトを推進した様子が書かれており、それが『中東問題議員連盟』に誘導されている。

なかなか検索できない事実も『陰謀論』をリアルに感じさせてくれた。

私は超党派の議員連盟の名簿をＨＰ上に公開した。これは、公開が義務付けられている情報なので、法的には何も問題ない。

プライバシー権の侵害だなどと、書き込んでくる人物は片っ端からブロックする。私は殆どノートＰＣの前に張り付いているような状況だった。

その中で一つだけ気になるコメントがあった。

感想を書き込んだ普通の文章だが、横書きのコメント欄を縦に読むと、古くからある和英辞典の六版と読めた。

勘がこれに乗るべきだと囁《ささや》いている。私はそのコメントを即座に消し、都バスに乗って東武浅草駅前に向かった。

即座に消したのは、誰かの眼に触れさせないため。これは、コメントを書き込んだ者への『話は通じた』というメッセージになっただろう。

駅ビルの中に大きな書店があり、そこで最新刊である和英辞典を買う。

つまり、この和英辞典が暗号表になっているのだ。手口が古典的すぎて、多分ウズガラーヤのサイバー部隊はこれを解読できないだろう。キーになる和英辞典を特定できないとAIでも解読は出来ない。

また都バスに乗って泪橋の『あわや』に戻ると、文章の中に数字を紛れ込ませる。

この数字は、和英辞典のページ数になっていて、このページの最初の一文字に変換するという仕組みだった。

『暗号を送る』

これが、テストだった。果たして話が通じるのか？　私は焦れながらコメントを待っていた。

数字が交じったコメントが投稿される。解読すると、

『よかった』

になった。素早く、私のコメントと謎の人物のコメントを消す。待ち構えてスクリーンショットを撮られるかもしれないが、リスクは小さくなる。

わざわざ暗号で私に接触を持とうとするのは、ウズガラーヤの危険性を理解している人

物だろう。もしくは、手の込んだ罠か。

『罠の可能性を疑っています』

私はそういう暗号を打つ。受信した証拠に絵文字がコメント欄に打ち込まれて私は自分のコメントを消した。

頻繁にコメントが消されるのは、私のＨＰの特徴なので、誰も気にしていないようだった。

『わかります。どうすれば証拠になりますか?』

という暗号が送られてくる。私は受信応答のサインの絵文字を送り、そのコメントを消した。

『何か考えます。今夜二十一時に連絡します』

受信応答の絵文字が表示された。

私はすぐに六志警部に連絡を入れた。

「暗号を使って、私に接触してきた人物がいます」

しばしの沈黙が流れ、やっと彼は口を開いた。

『罠じゃないのか？　もしくは、全く関係ない人物かもしれん』

「おっしゃる通り罠の可能性はあります。ですが、ウズガラーヤ関連の記事に興味をもって接触してきたわけで、関係ない野次馬とは思えません」

『まぁな』

六志警部が相槌《あいづち》を打つ。

「罠かどうか、六志警部なら何を基準に判断しますか？」

『自分から相手に会うことを提案してみるといい。即食いついたら罠。渋ったら罠ではない可能性がある。暗号を使うということは警戒しているということだ。ウズガラーヤの危険を知っているわけだ』

「なるほど」

『あくまでも目安だ。怯えた人物を演じている可能性もある』

「つまり、リスクしかない……と？」

『その通りだ。今までうまくいっていたからといって、相手をナメると死ぬ。そういう相手を挑発していることを思い出せ』

さぁっと、私の腕に鳥肌が立った。杉沢は行方不明になり、相田さんは拉致されるところだった。私も白昼の繁華街で撃たれた。三十センチずれれば、私は死んでいた。

「肝に銘じます」

六志警部のおかげで、少し気が引き締まった。民間軍事会社《PMC》に守られた明智先輩のタワーマンションや、公安刑事の六志警部と違って、私が一番危うい立場だ。敵にとっては仕留めやすいターゲットである。

六志警部への報告を終えた後、明智先輩に、暗号で接触してきた人物がいるので慎重に取材をしてみる旨、メールを送る。

六志警部と違って、明智先輩の返答は、接触を勧めるものだった。警察とジャーナリストの違いだろう。

約束の二十一時になった。私は、まず「どこかでお会いできませんか?」という暗号を送った。

受信応答の絵文字がコメントされたので、その暗号文を消す。

一時間以上、返信はなかった。相手の逡巡《しゅんじゅん》が感じられる動きだ。

『あなたを信用していいのか悩んでいます』

という暗号文が返ってきた。これで、この接触が罠である可能性が下がる。

受信応答の絵文字を打った後、相手の暗号文を消して、私は返信の暗号文を打った。

タイマーで新しい記事が掲載されるのが二十一時なので、コメントが多くよせられるタイミングだ。それに紛れるようにして正体不明な相手との暗号でのやりとりが続く。
「あなたはウズガラーヤについて情報をもっていますか？　私は対価を払う用意がありま
す」
『差し支えなければ、あなたの正体を教えてくださいますか？』
ここから先は賭けだった。偶然ウズガラーヤと河辺市の関係を見つけただけというのが
嘘だったという種明かしになる。考えた上で私は賭けに乗った。
「私は、ウズガラーヤがテロリズムに加担していると思っているジャーナリストです。こ
のＨＰは情報収集のために開設したものです」
正体を明かす暗号文を送る。返信の間隔はまた一時間ほどあった。
『秘密を打ち明けて下さり感謝します。それでは、わたしも危険を承知で正体を明かしま
す』
落ちついた言葉使いだったので、私は相手が中年男性を想像していたが違った。
『わたしは、トルコからの難民と偽って日本に入り込んだウズガラーヤ人です。一年前で
すから、私が十四歳の頃です。父でも母でもない人物の娘という設定でした。もともと、
わたしは孤児です』
私が交信していた相手は未成年の少女である可能性が出てきた。

『子供連れだと、入管の審査が甘くなります。ウズガラーヤから鼻薬を嗅がされている弁護士や政治家の後押しもありました』

六志警部が話していた、子供を盾に難民申請をむりやり認めさせる『アンカーベイビー』という偽装難民が使う戦術だ。欧米ではもう通用しない戦術だがお花畑の日本ではまだ十分通用する。我々日本人は、危機感を感じていない。支援団体まである始末だ。

『わたしは、学校も通わせてもらえず、とある行政書士の家に軟禁されています。仕事の下働きと身の回りの世話。レイプされることもあります』

ウズガラーヤが士業を買収していることは知っていた。金と女。それで弱みを握る。女が未成年なら、不同意性交等罪の証拠も握っているはずだ。

私は、その人物に心当たりがあった。

「その行政書士は久我という人物ではありませんか？」

暗号の打ち間違えがあったことから、かなり相手が動揺していることがわかった。

『すみません。改めてお送りします。私は偽物の両親に脅されて、久我の家にいます。なぜ知っているのですか？』

私は、調査の過程で浮かびあがった人物であると、正直に答えた。

『対価を払う用意があると、あなたはおっしゃいました』

「はい、出来ることならなんでも」

『わたしは、久我が手掛けたウズガラーヤ関連の書類の写しの隠し場所を知っています』

久我も自分の身を守るため、情報を隠しておいて「自分に何かあったら、自動的に公表される」と、ウズガラーヤを脅しているのだろう。使い捨てられる危険があることぐらい、久我にもわかるはず。

「私は、その書類が欲しいです。対価として、あなたに何をすればいいですか？」

私の暗号に対する返信は悲痛なものだった。

『ここを抜け出して自由になりたい。毎日死にたくて、手首に刃物を当てています。いずれ本当に深く切ってしまうかもしれません』

仮に相手が本当に少女だとして、自ら死を望むなど地獄でしかない。まだ罠である可能性を払拭しきれないが、私はこう暗号で返信していた。

「わかりました。あなたを脱出させる策を考えます。希望を捨てずに待っていてください」

また、相手からの返信が遅れた。逡巡と苦悩。信じたいという願いと、信じられないという気持ちの間で揺れ動いているのだろう。

平気で人を殺すウズガラーヤの恐怖は、染みついていて容易に消すことは出来ない。

『わたしはあなたを信じます。希望を捨てずに待ちます。わたしを助けてください』

こんな暗号文が送られてきて、この日の交信は終わった。

第十二章

1

小倉からのアイキャッチがあり、俺は、

「煙草休憩入っていいか？」

と、この偽装トラックの班長になっている網野に言った。

「まだ、煙草やめられないんですか？　六志さん。まぁいいですけど、指揮車に戻る前に消臭スプレーかけてくださいよ」

と、ロッカーの一つを指さされた。そこには、日用品が納められているロッカーで香料のない無臭のスプレーがあった。

「五分以内に帰ってきてください」

「すまんね」

俺がトラックを出ていこうとすると、小倉が、

「すいません、私も……」

と、おずおずと手を挙げる。

ドローン操縦中の網野は、画面を見たままOKサインをした。

小倉と連れ立って出る。歩いて一分ほどの場所に公衆トイレがあり、そこの裏手に回った。

トラックの監視カメラから死角になっており、音声も拾われない。

「で、何だ？　小倉くん」

ハイライトを一本抜き出し、安物のプラスチック製のライターで火をつける。小倉は、片手念仏を私に送って、俺のハイライトを貰う。

小倉は深く煙草を吸って、ムラムラと紫煙を吐き出した。

「最新式のドローンの使用許可が出ました」

懐から紙を取り出して、俺に渡してくる。

それは蟹《かに》に似たドローンだった。マニピュレーターがまるで鋏《はさみ》のようで、カメラはまるで蟹の眼だ。

「自律型陸上ドローン、通称『シオマネキ』です。敵のアジトに潜入して偵察します」

「自律型？」

「敵のアジトは、妨害装置《ジャマー》によって遠隔操作のドローンから守られていることが多いんです。だから、実戦では兵士が生身で強行偵察する」

俺は研修でそのことを学んでいる。今や戦闘はドローン前提になっていて、その対策も工夫されているらしい。中南米の麻薬カルテルの処刑人部隊は、タクティカルベストの肩部分からアンテナが伸びていて、これが妨害装置なのだと言われている。つまり、無線で動かすタイプのドローンはコントロールを失ってしてしまう。

「そこでＡＩ技術を使った『シオマネキ』が危険な偵察任務を代行するわけなんです」

と、小倉が説明する。プログラムされた行動の最適解をＡＩが導き、その通りに行動するドローンの開発が各国で行われているとのことだ。特に中国がそれに力を入れていて、侮れないレベルに洗練されているらしい。

「日本は、憲民党政権時に予算が削られ、機密情報が憲民党の政治家経由で中国にダダ漏れするなどして後れをとりましたが、挽回しつつあります」

憲民党政権時は公安にとっても悪夢だった。なにせ、国家公安委員長が現役の左翼活動家だったという、冗談のような状態だったのだ。

憲民党政権下では、なぜか外事警察の協力者が中国で逮捕勾留されて行方不明になったり、捜査情報が外国人スパイに売り渡されたりしていた。

現役左翼活動家だった当時の国家公安委員長は、不可解な死を遂げている。論じることがタブーとされている案件の一つだ。病死と言われているが、病名すら公表されていない。

「おそらく、ジャマーで守られている地下空間は、『シオマネキ』なら偵察できます。動画を撮ったら、六志警部はどうしますか？」

俺の仕事は証拠を集め、報告書を上げることだ。この証拠を元に家宅捜索などの令状が発行される。だが、肝心の埼玉県警のトップは、小野誠一郎知事。

「遅延戦術。その間に避難完了か」

「そうです。埼玉県警では、県や市と蜜月状態にあるウズガラーヤに攻め込むことは出来ません」

ここまで接近したのに、またするりと逃げられるのは悔しい。味方が信用できないのは、本当にやりにくい。

「で、提案なんですが……」

小倉が声をひそめる。俺は返事のかわりに紫煙をくゆらせた。

「あの、ふざけた地下基地、壊してしまいませんか？」

地下空間がどれだけ広がっているのか想像もつかないが、少なくとも『組み立て式セムテックス爆弾セット』作成、『プランター式大麻』の栽培は、あの地下空間で行われているはずだ。陽が差さなくてもＬＥＤライトがあれば植物は育つ。

つまりあれは、埼玉県と河辺市が計画倒産で用意したウズガラーヤのための治外法権の地下基地だ。

「壊す？　どうやって？」

「ＡＩに命令を書き込むだけです。『シオマネキ』にリード線を持たせて、セムテックスに接続します。『シオマネキ』のバッテリーから放電すれば……」

仮に、あの地下に、猿程度の知能と器用さがあれば組み立てることが出来る爆弾の工場があるとして、果たしてどれくらいの量があるのだろうか？

セムテックス爆弾の爆風は秒速八千メートル。狭い地下道を駆け抜け、分量によっては内部の人間は原形をとどめないほどズダボロになる。

「静音ドローンと同じく、背景と同化させる特殊フィルムが『シオマネキ』にもあります。気付かれずに潜入できるでしょう」

「街中でどれほどの爆発になるかもしれないものを起爆させるだと？　正気か！　貴様！」

小倉の胸倉を摑んで壁に押しつける。小倉はハイライトを咥えたまま、薄ら笑いを浮かべていた。

「街中? いや、ヤードの下で、ですよ。これは、悪党を一気に片付けるチャンスなんです」

「こんなの、違法も違法だろうが」

「あんただって、街中で外国人のチンピラを撃ち殺しただろうが。磐田を拉致しようとしてアンタを撃った、ブルワ・ショーシュはどこに消えた?」

小倉の口調が変わった。いや、これが地金か。それよりも、俺が死体を隠蔽したことを彼が知っていることに衝撃を受けていた。

胸倉を掴んだ俺の手を、小倉が乱暴に振り払う。

「テロ組織から首に懸賞金かけられて、セーフハウスを転々としているんだろ? 頭にこないか? 才能も生かせずに上司に監視されながらデスクワークをさせられているらしいな。このまま腐っていく気か? え? 六志さんよ」

小倉の言葉が突き刺さった。

「鹿倉の後継者の守山な。死んだぜ。脳挫傷だそうな。新宿中央公園で死体が見つかったよ。あんたを尾行していたらしいな」

小倉がハイライトを公衆便所の壁に擦りつけて消し、俺に手渡す。俺はそれを携帯灰皿に納めた。

犯罪に片足を突っ込んでいたとはいえ、市民を殺してしまった。そのことに痛みを覚えるかと思ったが、全く何も感じない。目の前で古里を殺されてから俺の時間は止まってしまったかのようだ。

「網野さんも佐藤君もいい奴だ。だから巻き込みたくない。あんたは、別だ。もう六志さん、あんたは我々と同じこっち側の人間なんだよ」

「我々だと？　組織的なのか？」

「守山の死を事故死に偽装できる程度には組織化されているな」

小倉が陸自から出向してきているという話も、怪しくなってきた。

「ＡＩをあんたが暴走させたってのが、シナリオだ。網野さんと佐藤君を守るためだ。『幽霊』を吹っ飛ばしたあとは、全部あんたに責任をおっかぶせさせてもらう」

「それは構わんが、吹っ飛ばした後に俺はどうなる？　東京湾に沈むか？」

「まさか。失踪を偽装して、新しい人生を歩めばいい」

テロ組織がつけ狙う六志警部は事件を起こして失踪する。適当な時期にそれっぽい行旅死亡人を俺の死体ということにすれば、俺は完全に自由だ。あとは身分証を用意すればいい。背乗りで中国人工作員がよく使う手だ。

「なるほどね」

俺はフィルターだけになったハイライトを携帯灰皿に入れ、二本目のハイライトに火をつけた。

「そいつは素敵だ」

紫煙が曇天模様の空に揺蕩《たゆた》う。

2

私は、『あなたは、ウズガラーヤという国を知っていますか？』のHPで、満を持してスキャンダルを流した。

『NPO法人日本イスラム友好協会』と『中東問題議員連盟』の名簿を晒したのだ。暗号化されていた名簿を解読し、両団体に共通して存在する人物がいることを解説する。

私が大月まで出向いて手形を調べた小山田是政衆議院議員だ。

今は、興味を寄せてもらう段階。この議員には『背乗り』の可能性があるという大ネタが控えている。

いかにとんとん拍子に大月市議会議員から東京都議会議員、国会議員にまでなり上がったのか、その歴史を辿って見せた。

小山田議員の事務所から訴訟をチラつかせる脅迫じみた題名がつけられたメールが届いたが、あいにく叔父は自分が何者かもわからない状態で老人ホームのベッドの上にいる。私は、メールの中身も見ずに削除した。

都市伝説愛好家や陰謀論愛好家が、このネタに食いつく。もとからいた猫好きの閲覧者はごっそり減ったが、それを上回るペースで彼らが増えていた。

憶測や討論会のスレッドが立って、更に陰謀論が盛り上がる。

『NPO法人日本イスラム友好協会』と『中東問題議員連盟』に小山田議員に関する公開質問状を送るお調子者も現れはじめ、いわゆる『炎上』という状態になっていた。ひっそりとしていたいウズガラーヤにとっては、あまり好ましくない状態だろう。

同時進行で、ウズガラーヤ人の少女らしき人物と、暗号でのやりとりは続いていた。

河辺市界隈は、子供を盾に在留許可を得る卑劣なスキーム『アンカーベイビー』が定着しており、様々な国の難民を装って日本に入ってくるウズガラーヤ人が子供連れであるのはそのためだ。

六志警部の調べでは、男子は『幽霊』と呼ばれる暴力のエリートに育成し、女子はハニートラップに使われる。ウズガラーヤの若い女性は美人が多い。

無教養のまま放置される女子だが、暗号でやりとりしている少女らしき人物は希望を捨てていない。

『何を久我の所から持ち出せますか？』

わたしの暗号の質問に、彼女は、

『久我が手掛けた案件全て持ち出せます』

と回答していた。ウズガラーヤが不法に登記した団体をほぼ把握できるということだ。

十年以上かけたウズガラーヤの極東浸透作戦の全貌がわかるデータである。

『あなたを必ず脱出させます。策を考えますので、もう少し時間をください』

興奮で震える指で、暗号を送り出す。

『待っています。希望は捨てません』

久我を尾行した六志警部の話では、彼には『幽霊』の監視・護衛チームが張り付いているとのことだった。

暗号でやりとりしている少女をどうやって外に出すか、工夫が必要だ。

少女は一歩も久我の家から外に出られない。一種の監禁状態だった。

地図をダウンロードして調べると、荒川がネックになることがわかる。橋を押さえ、主要幹線道路に監視所をつくれば、久我の家がある住宅街から誰にも見られずに外に出ることは不可能だった。

衣服の問題もある。久我と監視・護衛チームは少女がとても外出できないような卑猥《ひわい》な衣服しか支給していないと少女は暗号で伝えてきている。典型的な監禁の手口だ。久我の衣服を借用しようにも、彼の部屋には鍵がかけてあるらしい。

監視カメラが屋内に何ヵ所も仕掛けてあり、そんななかで、少しずつ久我が手掛けたデータをＵＳＢに落とし込んでいたのだろう。この情報が自分の自由への鍵となることを信じて。

小山田議員のスキャンダルがいい具合に炎上をはじめていた。

彼が掘られると『ＮＰＯ法人日本イスラム友好協会』『中東問題議員連盟』がどうしても水面下から浮上することになり、ついに、コンテンツプロバイダの開示請求を通すという報告が封書で転送されてきた。

城の外堀が一部埋まった状態だが、ここから内堀と城壁がガチガチに固めてある。

「あと一ヵ月持ちこたえればいい」

そのつもりで作ったＨＰだ。暗号で接触してきた人物を脱出させることが出来れば、それがゴールになる。

3

俺は結局、小倉を黙認することにした。小倉は、三人制のシフトから外れて蟹に似たドローンの調整に入った。

網野も佐藤も興味津々で、スペックなどを小倉に質問していた。通信妨害装置対策は公安より自衛隊の方が数歩先んじている。

小倉は器用に蟹型ドローンの甲羅にあたる部分にリールを取りつけ、細いリード線を巻き付けてゆく。網野と佐藤には、

「有線盗聴器が設置できるかどうかの実験です」

と説明していたが、セムテックスに通電させるための装置だ。ウズガラーヤが生産していると思《おぼ》しき『爆弾組み立てセット』には雷管が封入されているので、蟹型ドローンは鋏でパッケージを破り雷管を押し込み、リード線を取り付けるだけでいい。

小倉はこの蟹のようなドローンの調整に入るため、三交代制の静音ドローンの作業から外された。

起動は、佐藤が操縦席につき網野が外出して一時間の休憩に入るタイミングだろう。俺は多久に小倉の人事記録を洗い直すよう密かに指示した。小倉は果たして、本当に自衛官なのか？　疑わしいからだ。

「身分の詐称など、何だって言うんだ？」

そんなことを考えている自分がいた。あの『幽霊』どもを吹っ飛ばしてやりたいと、ずっと思っていたじゃないか。

網野が着替えをもって外に出てスーパー銭湯に向かう。佐藤がドローン操縦のコクピットについていた。

小倉が俺に目くばせして、予備のコクピットにつく。

七つあるヤードのうち、最も近いヤード『二番ヤード』に向けて二機の蟹型ドローンが出発する。我々は、ジオフロント計画の頓挫で残された、七つの出入り口に出来たヤードを『一番ヤード』から『七番ヤード』と名付けている。

空撮が主体の静音ドローンと違って、地面を走る蟹型ドローンは画面が揺れるので、モニタを見ていると酔う。

鋼板で囲われたヤードの隙間から、ドローンが侵入する。ここはもう、通信妨害装置の範囲内なので、ドローンのＡＩの判断に任せるじかない。

警察も立ち入り出来ないヤード内部を、あっさりと観察することが出来た。

申し訳程度に適当な資材が置かれており、ヤギが飼料をのんびりと食《は》んでいるのが見えた。

「ヤギ……」

小倉が呟く。耳聡《ざと》く佐藤がその呟きを聞きつけ、

「ヤギ？　見たい、見たい」

と言った。

「録画したのを見ればいい。ドローン操作に集中しろ」

俺がたしなめると、佐藤は肩をすくめた。

「捌《さば》いて焼くんですかね？」

それで間違いないだろう。丸焼きにするための焚火痕もある。佐藤が小声で、

「うへぇ」と呟く。

ヤード内は私有地とはいえ、ヤギを解体するのは明確な法令違反だ。それに野焼きも禁止されている行為である。

これからも分かるように、彼らには日本の法に従うという意識はない。日本は単に武器

密売や麻薬の新しいマーケットという認識だ。

表向き大人しいのは、商売を円滑に進めるため。中国のスパイが河辺市のマンションで爆発物を誤爆させて部屋を吹っ飛ばしたが、あれは多分ウズガラーヤの目玉商品『爆弾組み立てセット』だろう。

マーケットは確実に広がっている。証拠を集めてガサ入れしようとしても、県警の頂点が小野誠一郎知事である限り、情報漏洩は免れない。

「吹っ飛ばしましょう」

そんな小倉の言葉を黙認したのは、俺がもう疲れ果てているからだろう。

追われるのに疲れた。逃げるのに疲れた。罪悪感に苛まれ続けるのにも疲れてしまっていた。

「どんな命令を書き込んだんだ？」

俺の質問に小倉が答える。公安機動捜査隊でＡＩ担当の佐藤も、耳を傾けている。

「見つからないように行動しろ、地下への進入路を探せ、地下の構造をマップ化しろ……あたりですかね」

佐藤が聞き耳を立てているので、「爆弾を見つけて起爆せよ」のコマンドの話は当然だがしない。

「コマンドは、複雑なコードを入力したりするのか？」

「いいえ、日本語で、先ほどのような命令を書き込むだけです。それをＡＩがコマンドに変換します。ドローン進発前、六志さんも書き込みましたよね？　あれで完結します」

「調べてほしいことを書いてくれと、君に頼まれて書いたやつか？　あんなのでいいのか？」

この会話は、佐藤に聞かせるためのものだ。俺が爆破のコマンドを書き込んだと思い込ませるための下地だ。

「日本語が暗号みたいなものでして。米軍がナヴァホ族の言葉を暗号に使った第二次世界大戦中の『ウィンドトーカーズ』作戦と同じです」

俺はこれで、古巣である公安を去ることになる。以降は、小倉の所属する組織に身をゆだねるわけだ。死人のような人生だ。もう、どうでもいい。

俺が書き込んだオーダーは、

「爆弾の保存倉庫を見つけ、パッケージを破り、雷管を押し込んで、担いできたリード線を繋げ、バッテリーから通電させろ」

だった。

4

私は、六志警部に連絡を入れた。久我の家に軟禁されている情報提供者を脱出させるための助言が欲しかったのだ。彼は本職で、私はジャーナリストにすぎない。

地図をダウンロードし、六志警部と共有する。彼は久我を尾行していて、この周辺は実際に見ている。そういう情報は貴重だった。

『住宅街なので、見通しはあまりよくない。久我の家はここ、監視所になっている一軒家はおそらく、ここ』

地図に赤いマーキングがつく。

『監視所には「幽霊」の工作員が二名以上詰めている。久我は、家に仕事を持ち帰り、文書のコピーや簡単な修正などの軽作業を、あてがわれた助手にやらせている。食事などを作らせ、風呂に入り、その助手を弄《もてあそ》ぶ。そんな生活のルーチンだ』

吐き気がする。金と女。ウズガラーヤの手口だ。

『暗号で接触してきた人物が、自殺未遂をしたと言っていたな？　抗不安剤が処方されたはずだ。抜け目のない子なら、いくつか隠し持っているはずだ。それを久我の食事か飲み物に混ぜるように指示するんだ』

久我は犯罪に加担しているということで、ストレスを抱えている。抗不安剤は有効なはずだ。

『久我が寝たら、脱出開始。監視所から死角になるのは……』

共有している地図の一部に、六志警部がマーキングする。トイレの狭い窓から、抜け出せる場所だ。ここだけは、窓に格子がついていない。

『おそらく、人感センサーがあるだろうが、今夜なら連中はそれどころじゃないと思う』

「どういうことです？　何があるんですか？」

冷笑的な六志警部の口調が気になった。

『磐田くんは知らない方がいい。騒ぎになる時間が決まったら教える。逃走経路だが……』

事態は、急に動き始めてしまった。私は大急ぎで準備を整え、段取りの確認をする。

暗号通信で、相手の身長と体重とスリーサイズを訊《たず》ねる。自称の年齢にしては長身だが、スリムな体形であることがわかる。正体は太った中年男性である可能性は消えた。これなら、トイレの小さい窓をくぐることが出来るだろう。

女性の服の流行はわからないので、明智先輩に見立ててもらう。下着類は更にわからないので任せることにした。バイク便で送ってくれるらしい。

地図を見なおす。大きな通りと橋は監視されている前提だった。そこに×印をつけると、久我の住居は簡単に封じ込めることが出来ることがわかる。

住居はウズガラーヤが用意したものなので、上手い場所を用意したものだと、感心した。

狭い住宅街の隙間を縫うようにして、新芝川にある『第三マリーナ』が、私と久我の家から脱出した少女の目的地となる。

マリーナには管理事務所があり、そのカギは外しておいてくれるよう、六志警部が段取りしてくれるそうだ。公安の協力者ということだろう。

私は少女を救出後、朝近くまでその場に潜み、誰かが迎えにくるのを待つ。ここではないどこかで、包囲された協力者を逃したことがある人物らしい。

バイク便から荷物を受け取り、私は南鳩ヶ谷に向けて出発した。

キャップは目深にかぶり、極力顔を隠す。マスクはしなかった。そこまで過剰に顔を隠すと、かえって疑われる。ここが正念場だった。私は面が割れていて戦闘訓練を受けている『幽霊』と戦う術《すべ》をもたない。

今の私は、郊外の昼間の光景に紛れ込みやすいパーカーとストレッチ素材の七分丈のパンツという、まるでジムに通う人物のような格好だった。

歩き方に緊張感が出ないように、リラックスして歩く。久我の家の方向に向かう。監視所があるのが分かっているので、ポケットに突っ込んだままの掌がジットリと汗で濡れてきた。

六志警部に指定された一軒家に向かう。いかにも、その家の住民のようなフリをして敷地に入る。カギは玄関脇の植え込みの中。

暗証番号を入力するタイプのキーボックスだが、その番号を六志警部は知っていた。こういうのは、どうやって調べるのか不思議でしょうがない。多分、合法的な手段じゃないのだろうなと思う。

玄関を開けて、屋内に入る。海外旅行中の他人の家だ。上がり框《かまち》に腰かけて頭を抱える。

室内には上がらない。ここで、六志警部からの連絡を待つ。

今頃、久我は暗号でやり取りしていた少女に薬を盛られて眠っているころだろうか？

5

俺がコマンドを書き込んだ二機の自律型の歩行するドローンは、その形状から蟹の『シオマネキ』がコードネームになっている。

通信妨害装置に邪魔されずに自律的に行動するが、画像記録を持ち帰るまでは、何が起こっていたのかわからない……という難点がある。

一機には『任務終了後帰還せよ』、もう一機には『バッテリーとリード線を繋いで通電させよ』というコマンドが書かれてあった。

「無事に完遂したら、合図がありますよ」

小倉が佐藤に聞こえないように小声で言う。何の感情も籠《こも》っていない平坦な声だが、数十人が一気に死ぬ事態だ。

「大量殺人だな」

「ここで作られた麻薬で、多くの人々が死にます。爆弾や武器で、多くの人々が殺されます。あなたは正しいことをした」

小倉の言い草がカルトじみていて気に入らないが、事実だ。大麻は、より強い麻薬を使用する機会になる。爆弾組み立てセットや銃器はテロ組織に使われる。人身売買の犠牲になるのは、幼い少年少女だ。

ウズガラーヤが日本で取引をするのは、日本の法整備がガバガバだからで、お花畑の日本で荒稼ぎした資金は、海外のテロ組織に流れる。ウズガラーヤの主なシノギは非合法な金のロンダリングだ。

自治体と組んで、日本の河辺市に潜伏先を作ることに成功したウズガラーヤは近隣の自治体にまで手を伸ばしはじめている。

俺は、かつて正攻法でウズガラーヤに挑んだ。その結果、俺は生ける屍《しかばね》のような生活になり果て、正義感に燃えていた古里は拷問死した。

「正しいこと……ね」

俺が呟いた瞬間、ズズンと地響きがして、佐藤が慌てて手動で上空の静音ドローンの姿勢制御をしていた。

俺は、磐田に連絡を入れた。

6

六志警部から連絡が入って、一瞬トロトロと眠っていた私は飛び上がるほど驚いてしまった。

見ず知らずの場所。その上がり框に腰かけていて、ここがどこかわからずにパニックになる。

『磐田か？　どうした？　落ちつけ』

普段は六志警部のその冷静な口調に反感を覚えていたが、今回は助かった。自分が留守宅に入り込んでいることを思い出したのだ。

「大丈夫です」

『そうか？　まあいい。いまからしばらくの間、監視の目が緩む。脱出を開始しろ』

「監視の目が緩むって、どういうことですか？」

質問しながら、ノートPCを立ち上げる。時刻は二十一時。予告投稿で新しい陰謀論が投下されて、チャット欄がにぎわう頃だった。

そこに、脱出開始の暗号を送る。

『時間がない。説明は後だ。早く脱出しろ』

着替えが入った鞄をひっつかんで、家を出る。鍵をかけてキーボックスに鍵を収めて、植木鉢の下に隠した。

久我の家の手前で住宅と住宅の間の地図にもない路地に入る。

二軒ほどの住宅の裏庭に不法侵入して、やっと久我の家の裏手に入った。そこにテーブルクロスを体に巻き付けるようにして、少女がうずくまっていた。

「暗号通信の相手です」

どう名乗っていいかわからず、私は少女に話しかけた。

「私の名前はジャナン。あなたは？」

「イワタです」

「イワタさん、私はあなたを信用します。あなたが敵なら私はもう殺されています」

はっとするほどの美少女だった。もともと美人が多いと言われている一帯にウズガラーヤが含まれている。

「あの、後ろを向いてくださいませんか？」

テーブルクロスの下は、外に出られないような卑猥な服なはず。逃亡できなくするための監禁の手順だ。

「あ、失敬」

着替えの入った鞄を渡して、私は後ろを向いた。この段階で、私が罠にはまった間抜けなら、ジャナンに刺されて死ぬ。ぶるっと震えが走った。

「着替えました」

明智先輩が見立てたワイドレッグのゆったりとしたパンツと、ハイネックの薄手のセーターという姿だった。質素だが、ジャナンほどの美少女が着ると、まるでファッション誌から抜け出してきたかのように見えた。彼女は私を釣り出すための囮《おとり》ではなかったようだ。

「では、行きましょう。鞄はここに捨てていってください」

安堵のあまり声が震えていた。


マリーナまでは、予習したルートを通って行った。はぐれないようにジャナンと手を繋いで移動したが、私は彼女のその手の小ささに怯んだ。

マリーナには十数艘のボートが係留されていて、管理事務所がある。

ノブを回すとロックされていない。ジャナンと一緒にそこに入り込む。

トイレもソファもあるので、一晩ならなんとかなりそうだ。菓子パンも置いてある。

気になったのは、やたらと消防車とパトカーが走っていたことで、管理事務所の窓から河辺市方面を見ると、ぼうっと明るいことがわかった。

ノートPCを立ち上げる。ニューストピックスには、河辺市の爆発事故が上がっていた。

「爆発事故？」

明智先輩に電話を入れる。

『磐田。無事脱出できたか？』

開口一番、彼女はそう言った。かなり心配していたのだろう。敵は平気で人を殺すテロリストなのだ。

「爆発事故で、注意が逸《そ》れたようです。無事、朝までのセーフハウスに入りました。助け出した少女も一緒です」

『それは、よかった。爆発事故な、これ地下に溜まった天然ガスに引火したって話なんだが、どうもうさんくさい』

私もそう思ったので、安否確認も兼ねて六志警部に電話をかけてみたのだが、つながらなかった。

『爆発に六志警部たちが巻き込まれたとは思えない。ドローン操作は離れたところでやるものだからな』

そう言われればそうだ。ではなぜ、電話に出ないのだろう？　何が起こっているのだろう？

不安そうな面持ちで、ジャナンが私を見ていた。

そうだった。私は虐待を受けていた少女の保護者なのだ。不安を表に出してはいけない。

私は微笑で表情を取り繕いながら、明智先輩と会話を続けた。

7

何度も鳴る官給品のスマホを下水溝に捨てた。小倉と並んで歩く。

「様子を見てくる」

と、網野と佐藤に伝えてトラックを出ていた。もう、トラックに戻る気はない。今まで住んでいた世界に戻ることも。

「六志さんの参加を歓迎します」

小倉は、警察の人事記録を改竄《かいざん》できるほどの組織の一員だった。多久には、ヒントを残してある。俺が鍛え上げた多久なら、何かを探り当てるだろう。

胡散臭い連中へのささやかな抵抗だ。

「帰還してきたドローンから、貴重な映像を多数入手しました。更なる正義が執行されると思います。ご協力に感謝します」

小倉が俺に深々と頭を下げる。

黒塗りのセダンが俺の横に停《と》まった。

運転席には屈強な大男。助手席には中肉中背の男が座っている。サングラスにマスクという、いかにもな扮装《ふんそう》だ。

「私は、ここまでです。また、任務でご一緒しましょう」

私は車に乗った。始末される可能性もあったが、もうどうでもいい。

誰もが無言のまま車は足立方面に向かった。

8

朝になった。ジャナンはソファの上で猫のように丸くなって眠っており、時々呻いたり、すすり泣いたりしていた。悪夢に苛まれているのだろう。

無理もない。監禁され、体を弄ばれる生活を一年以上続けてきたのだ。

管理事務所に足音が近づいてきて、ジャナンは飛び起きた。私の背に縋《すが》って小さく震えている。

私は、机の上にあったペーパーナイフを握りこんでいた。

ノックして入ってきたのは、日に焼けた若い男性だった。手にはライフジャケットを二つ持っている。

「磐田さんですか？　私は六志さんの協力者です。あなたを逃がす手伝いをします」

私とジャナンはライフジャケットを着こんだあと、マリーナの一角に誘導された。

そこには、カヌーが係留されていて、十人ほどのカヌー仲間がいた。

「彼らに紛れて、荒川を渡ります。ほぼ毎日、このコースでカヌー教室をしているので、磐田さんとその女の子はバレませんよ」

「カヌーなんて、漕いだことがありません」

「大丈夫、二人乗りのカヌーで、インストラクターがつきます。漕いでいるふりだけしていれば大丈夫です」

全員でパドルを高く掲げて打ち合わせる、出発の儀式をしたあと、波一つない新芝川を下ってゆく。

カヌーは水面が近いので、慣れていない人間は怖く感じる。

「楽しそうにしていてください」

インストラクターの若者に言われたので、白い歯を見せた。顔は強張っていたが遠目には楽しそうに笑っているように見えるだろう。

ふと見るとジャナンもひきつった顔に笑みを無理やり浮かべていた。

彼女は泳げないと言っていたので、恐怖感は私より強いだろう。

新芝川と荒川の合流点には、水門がある。

われわれは一旦土手に上陸して、カヌーを担いでゆく。

ジャナンが久我に一服盛って逃げたことはもう監視チームに知られているだろう。池袋で私を撃とうとした不法滞在の犯罪者ブルワ・ショーシュみたいな連中を動員して橋という橋を監視しているはずだ。

だが、カヌーならその下を通って移動できる。六志警部は、これと同じ手口で自分の『S』を逃がしたことがあるのだと思う。


釣り人がいない場所を選んで、カヌーは東京側に接岸した。

「我々の役目はここまでです。詳しいことは聞きませんが、ご安全に」

握手をする。六志警部のように、柔らかい握手だった。

上陸地点は北区赤羽に近い河岸だった。バスと都電荒川線を使って三ノ輪まで移動することを考えたが、ジャナンは美少女すぎて目立つ。移動中、印象に残りたくないので、タクシーを使うことにした。

「何もしゃべらないように」

と指示して、タクシーに乗り込む。ようやく虎口を脱したという実感が湧いたが、ジャナンも同様らしい。ずっと小刻みに震えていたのだが、それが収まっていた。

シートにもたれて背中を伸ばす。ポキポキと骨が鳴った。私も緊張していたのだろう。背中が強張っていた。

ジャナンは『あわや』で保護することにした。部屋を別に確保しようとしたが、ジャナンが拒否する。私と同じ部屋がいいらしい。一人でいるのが怖いのだという。

仕方なしに相部屋にして、疲れ切っているジャナンをせんべい布団に寝かしつけた。私も疲れ切っていたが、まだやることがある。

六志警部と明智先輩への報告だ。私は先《ま》ず明智先輩に電話を入れた。

「無事、『あわや』まで戻りました。久我の書類の写しはＵＳＢに落としてあり、確保しました。これで、ウズガラーヤの全貌がわかりますね」

『よくやった、磐田。この少女と証拠は値千金だぞ』

安心しきって、軽い寝息を立てているジャナンを見る。寝顔は、年齢相当に幼く見える。手首に何ヵ所も走っている切り傷が痛々しい。

「よくぞ、地獄を生き残ったものですね」

『まったくだ。しばらくは彼女の好きにさせてやれ』

「そうします。ところで、六志警部とは未だに連絡がつきませんか？」

『つかんな。万が一ってこともあるので、緊急連絡先に電話してみる』

「お願いできますか？　私も横になりたいです」

『おう、休め休め。ご苦労だった』

明智先輩の慰労の言葉を聞いた瞬間、疲労もピークになっていたらしい。

私は前後不覚に眠ってしまっていた。

エピローグ

結局あの日以来、六志警部とは連絡がとれなくなってしまっていた。

河辺市で発生した爆発事故は、警察と消防の立ち入り検査の結果、違法移民が地下街跡地を不正利用していたことが証明されることになった。

この爆発に六志警部が関わっているという噂は、明智先輩がききつけていた。万が一の緊急連絡先は、六志警部の直属の部下である多久という分析官で、ジャナンが持ち出したデータは彼が引き継いだらしい。


役割が終わったＨＰは更新頻度を下げ、私が成りすましていた叔父が老人ホームで亡くなると、サイトを閉鎖した。

開示請求をする者が出てきても、既に死んでいる者が相手では何もできまい。

十年もかけて浸透してきた、ウズガラーヤはあっという間に河辺市から消えてしまった。

彼らを支えた行政書士の久我は、外国人留学生の飲酒運転ではね飛ばされて死んだ。即死だったらしい。その外国人留学生は、留置場内で自殺してしまった。

河辺市長は、なぜか体調不良が続き、公務中に倒れて緊急搬送されたが、心肺停止で死亡が確認された。利用価値が無くなったのだろう。

背乗り疑惑で炎上した小山田議員は、自動車の中で練炭自殺をしているのが見つかった。遺書もあったことから、異例の速さで自殺として処理されることになった。

次々と関係者が死んでゆく。間違いない、『幽霊』の残党の仕業だ。

長い時間をかけて潜伏先を日本に作ったウズガラーヤだが、六志警部のせいで全てを失ってしまった。

ただ、日本人や日本人に背乗りした者どもは死んだり逮捕されたりスキャンダルが発覚して社会的に死んだりしたが、彼ら自身は逮捕されていない。

また、十年かけて、どこかの地方都市を的にかけ、密かに復活するのかもしれなかった。

ジャナンは、どこからか送られてきた身分証で、第二の人生を歩むことになっていた。一種の証人保護プログラムのようなもので、最も安全と思われる明智先輩の実家が身元引受人になっている。通信教育だが、穏やかな学生生活を彼女は取り戻しつつあるようだ。

私は、空虚な経済紙の提灯記事を書くライター生活に戻った。

だが、ジャーナリスト魂を燃やしたあの日々は、私の焼けぼっくいに火をつけたらしい。今度は、匿名・流動型犯罪グループ、通称『トクリュウ』を追跡してみたくてうずうずしている。

この作品は徳間文庫のために書下されました。
なお本作品はフィクションであり実在の個人・団体などとは一切関係がありません。

本書のコピー、スキャン、デジタル化等の無断複製は著作権法上での例外を除き禁じられています。本書を代行業者等の第三者に依頼してスキャンやデジタル化することは、たとえ個人や家庭内での利用であっても著作権法上一切認められておりません。

徳間文庫

警視庁《けいしちょう》公安部《こうあんぶ》外事四課《がいじよんか》

アンカーベイビー

© Asuke Takagi 2025

2025年2月15日 初刷

著者 鷹《たか》樹《ぎ》烏《あ》介《すけ》

発行者 小宮英行

発行所 株式会社 徳間書店

東京都品川区上大崎三−一−一
目黒セントラルスクエア
〒141−8202

電話 編集〇三(五四〇三)四三四九
販売〇四九(二九三)五五二一

振替 〇〇一四〇−〇−四四三九二

印刷 製本 中央精版印刷株式会社

ISBN978-4-19-894991-4 (乱丁、落丁本はお取りかえいたします)

徳間文庫の好評既刊

鈴峯紅也

警視庁公安J

書下し

　幼少時に海外でテロに巻き込まれ傭兵部隊に拾われたことで、非常時における冷静さ残酷さ、常人離れした危機回避能力を得た小日向《こひなた》純《じゅん》也《や》。現在、彼は警視庁のキャリアとしての道を歩んでいた。ある日、純也との逢瀬の直後、木《き》内《うち》夕《ゆう》佳《か》が車ごと爆殺されてしまう。背後にちらつくのは新興宗教〈天敬会〉と女性斡旋業〈カフェ〉。真相を探ろうと奔走する純也だったが、事態は思わぬ方向へ……。

徳間文庫の好評既刊

鈴峯紅也
警視庁公安J
マークスマン

書下し

警視庁公安総務課庶務係分室、通称「J分室」。類《たぐい》希《まれ》なる身体能力、海外で傭兵として活動したことによる豊富な経験、莫大な財産を持つ小日向純也が率いる公安の特別室である。ある日、警視庁公安部部長・長島に美貌のドイツ駐在武官が自衛隊観閲式への同行を要請する。式のさなか狙撃事件が起き、長島が凶弾に倒れた。犯人の狙いは駐在武官の機転で難を逃れた総理大臣だったのか……。

徳間文庫の好評既刊

鳴神響一
警察庁ノマド調査官　朝倉真冬
網走サンカヨウ殺人事件
書下し

　全国都道府県警の問題点を探れ。警察庁長官官房審議官直属の「地方特別調査官」を拝命した朝《あさ》倉《くら》真《ま》冬《ふゆ》は、旅行系ルポライターと偽り網走《あばしり》に飛んだ。調査するのは、網走中央署捜査本部の不正疑惑。一年前に起きた女性写真家殺人事件に関し不審な点が見られるという。取材を装いながら組織の闇に近づいていく真冬だったが——。警察小説の旗手によるまったく新しい「旅情ミステリー」の誕生！

徳間文庫の好評既刊

鳴神響一

警察庁ノマド調査官　朝倉真冬

男鹿《おが》ナマハゲ殺人事件

書下し

警察庁長官官房審議官直属の「地方特別調査官」を拝命した朝倉《あさくら》真冬《まふゆ》。登庁はしない。勤務地は全国各地。旅行系ルポライターと偽って現地に入り、都道府県警の問題点を独自に探る「ノマド調査官」だ。今回彼女が訪れたのは、秋田県男鹿《おが》市。ナマハゲ行事のさなかに起きた不可解な殺人事件の裏側に、県警内部の不正捜査疑惑が。真相を探る真冬に魔手が迫る――。大好評シリーズ、待望の第二弾！

徳間文庫の好評既刊

柚月裕子

朽ちないサクラ

警察のあきれた怠慢のせいでストーカー被害者は殺された!?　警察不祥事のスクープ記事。新聞記者の親友に裏切られた……口止めした泉《いずみ》は愕然とする。情報漏《ろう》洩《えい》の犯人探しで県警内部が揺れる中、親友が遺体で発見された。警察広報職員の泉は、警察学校の同期・磯《いそ》川《かわ》刑事と独自に調査を始める。次第に核心に迫る二人の前にちらつく新たな不審の影。事件には思いも寄らぬ醜《みにく》い闇が潜んでいた。